没错图

爱情笔记 II

——鱼蒲团

神婆爱吃 著

上海三联书店

海底元波，骊珠元限。

——清·聂璜《海错图》

自序：食物链顶端的孤独人

有个形容好，叫爱得"死去活来"，
足以涵盖一切强烈的快乐和悲伤。
2021年刚好清明节撞复活节，
很多事物逝去的时候又有新的重生，
让我不禁感叹银河就像鱼池一样，
腐烂与交配同时发生，
这种刺激正是我们熟视无睹的生命日常……

　　我时常因为自己在桌上的动物性而觉得孤独。人的情欲与食欲，本来都是生命力，大多数人还是盼着能死去活来一回。不过，每个人满足的终点不同。不小心看过《肉蒲团》的，都会深深认同过犹不及的道理。而春天房檐上的猫愁得叫，你要它开心，要么给它朋友，要么给它鱼，显然后者明智得多。

　　人类虎躯一震站在了食物链顶端的悬崖。我想起鱼似乎贫贱不能移，不过照照镜子，就是一头巨猫而已。《海错图爱情笔记 II：鱼蒲团》仍是以清代聂璜作的古代海底总动员《海错图》为索引。我想，好水产得有好的料理来呈现，于是这本书里，我会结合杭州以及江南地区的美食历史与人文，探寻一些鲜美的记忆，那是我和聂璜时空交错里共同享用水中美味的地方。当然，这本书还是会延续上一本，有各种"刺激"的水产爱情漫画，更有近年我游历与吃喝视角下的水产与美食家、名厨之间的见闻故事，不过声色里都是正经的爱。有人过誉，说《海错图爱情笔记：鱼水之欢》是我写给海洋的一部情诗，我倒是觉得有点像滥情诗——见任何鱼虾与贝壳我都眼睛放光，海洋生物的生殖、洄游、交配我全感兴趣。

我想山寨一句老情话：吾爱有三，日、月、水产。日是朝，月是暮，希望朝朝暮暮都有水产吃。（I love three things: the sun, the moon and sea food. The sun for the day, the moon for the night, and sea food forever.）用"鱼蒲团"作书名，并不是为了生猛的含义，里面关乎宇宙与人生的禅意才是真正打动我的。遇美女帅哥，先追为敬。美味一样，我用"爱吃"来表示虔诚。

但爱是自私的，有时是贪婪的。

我曾说，"水产里有一种元素，能让失恋的人开心起来"。吃水产能快乐，是有科学依据的。本来水产里富含的酪氨酸就是"快乐之源"——多巴胺形成的基本元素，水产自己却不快乐。福建景区的土笋冻好多是凝胶假冻，宁波难寻野生黄鱼，甲鱼黄鳝身上全是药物……过犹不及。

长江"无鱼"，一是因为人类过度放纵食欲，二是我们没了对自然的敬畏心。本来想借兰陵笑笑生的《金瓶梅》取名的，但觉得虽然快乐，却并不仁慈。西门庆丧命的根本原因，书中写得很清楚：看官听说，一己精神有限，天下色欲无穷。又曰"嗜欲深者生机浅"，西门庆只知贪淫乐色，更不知油枯灯灭，髓竭人亡。"白茫茫一片真干净"并不是作者的初衷。我想了很久，借李渔的《肉蒲团》取名更合适。这部书的男主未央生和《金瓶梅》的西门庆是同个秉性，"好女色为性命"。最终未央生参透欲望，皈依清净，也算个好结局。本来生命间互相索取、滋养，结果"竭泽而渔"后，他索性与尘缘一刀切，安心做个和尚。世间鱼，还会为后个世代再回来。

但一切快乐不能谈得那么清楚，譬如好友跟我说"男人通常用钱来丈量与心仪女生的距离"，我觉得不无道理。但连一条鱼的贵贱都不能光用金钱衡量，况且是人。"鱼之乐"是金钱买不来的。

一切规律都有时间限制。很多住在城市里的朋友说"市井才有美食"，几十年前也许，现在我是不同意的。可能以前有太多人"用钱丈量和美味的距离"。现在，即使是初夏田埂里的野生黄鳝，几百公里之外的人要吃到，光靠钱没用，还要有遇见的运气。

古人生活艰苦，但有一种幸福，就是可以吃到离家门口近的好东西。我们现在虽有必备的盐、刀、火，但回到没有猛兽的林间，甚至一天都活不下去。我们丧失了在自然界的生存能力，自然界也因为我们的"不敬"毁成洪水猛兽。

我们自信满满觉得自己活在食物链顶端，却是难吃上好东西的孤独人，也是自然的弃儿。父母辈爱吃的鱼，特别是长江孕育的武昌鱼、中华鲟、刀鱼、鲥鱼……现在，野生的已濒临灭绝，长江禁捕是迟早的无奈。想起之前和彭子渝大师聊20世纪90年代都江堰上游比"长江三鲜"还鲜的野生水密子、水蜂子、石爬子，现在都已难觅踪迹。石爬子肚子里有吸盘，逆着激流向前游时，可以吸在石头底下休息，一静水养殖就死。雅安周公河里还有一种隐鳞的雅鱼，头骨中有一枚酷似宝剑的骨刺，很多人活几十年都没有机会见识，因此市面上流通的普通养殖"裂腹鱼"赫然挂着"雅鱼"招牌，也很少有人去质疑。

《海错图爱情笔记Ⅱ：鱼蒲团》相比第一部，将借由食色，探讨更多生命本质的东西。我们怜惜那些"逝去"，希望迎来更多"重生"。

Contents

目录

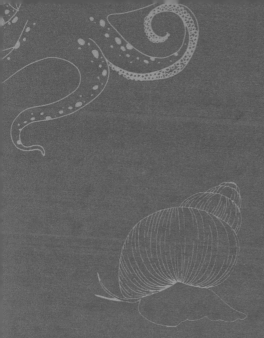

见面从长吻开始打招呼

[*Leiocassis longirostris*]

鮠鱼

粉红石首仍无骨，雪白河豚不药人。

寄语天公与河伯，何妨乞与水精鳞。

——宋·苏轼《戏作鮠鱼一绝》

我常常觉得"以肥为美"的"肥"，
大概是鮰鱼的肥。

去吃私房宴席，如果主人问：谁要吃鱼头？我基本会没羞没臊第一个举手。

或玲珑或肉感，鱼的巴掌肉是身上至宝。越珍贵的鱼头越如美人脸，通常要不落俗套才显贵。要是鲳鱼和刀鱼，我会优先舔舐鼻子。万一眼前的是鮰鱼，我会正对这茱莉亚·罗伯鮰，努起嘴，锁抱住那两朵肥嘟唇，眯眼吸到这咸湿情人骨摧肉离、魂归长江为止。

哪里舍得放过，一听鮰鱼要灭绝，我的嘴唇都心疼得抖起来。每一次，都是吻别。

鮰鱼一般指的是长吻鮠，吻部比一般鱼长，顾名思义"长吻"（反正吃个嘴唇要很久……），四川地区一般称鮰鱼作"江团"，在岷江一带最为出名。早些时候，江团是岷江临江吊脚楼上凭运气才能吃上的高档菜。

爱春鮰吻部软肉的人，通常也会爱整条鮰鱼的粉嫩胴体。如果是汁如乳的白汤煮法，腾腾白雾中，那大碗里的伊会让人有偷窥人沐浴的快感。川西乐山人胡世安（明崇祯元年进士，曾任少师兼太子太师）喝鱼汤后，将其比作"西施乳溢"。我想河豚白子那么好吃，才配叫西施乳，这回都溢出来了，等于抱着藕节手胖儿子的性感少妇，旗袍上围隆起的曲线处被濡湿了。这样的话被西施听到了，恐怕心里会下起春雨。

长吻鮠既然让文人不知羞耻心为何物，那长江三鲜组合"鲥鱼、刀鱼、河豚"，破格挤入长吻鮠，成了F4"长江四鲜"，也是情有可原的。

鮰鱼（一般指长吻鮠）在滚滚长江中，留下的舌尖风流韵事不少。胡世安在《异鱼图赞笺》说，鮰鱼既不像鲥鱼多细刺，又没有河豚的毒。这种评价与苏东坡的"粉红石首仍无骨，雪白河豚不药人"达成吃货的共识。相传苏轼曾从老家四川眉山出发，自岷江乘船入长江，边吃边写，途经石首城区，尝了久负盛名的石首鮰鱼，听了前所未闻的石首民谣"鮰鱼石首有，名字叫石首，白天歇石洞，晚上戏回流"，才作了《戏作鮰鱼一绝》这首名垂美食圈的诗。

我们谈论的这种珍贵的淡水鱼，背呈灰色，鱼鳍处有粉嫩血色。川菜大师彭子渝告诉我，四川养殖鮰鱼的颜色会更浅一些。20世纪70年代前要吃长吻鮠全靠江河捕捞，80年代才开始进行人工养殖，主要在四川眉山、广东顺德一带。但其实现在市面上的"鮰鱼"品质，相比古代，已经今非昔比、急转直下——我知道市面上有一种是美国鮰鱼，又叫斑点叉尾鮰，身体呈黑灰色，布满黑色星点，是湖北省水产科学研究所于1984年引进养殖的，我在便宜江湖馆子里吃得多。现在谁也无力恪守"鮰"，吃"鮠"的时候，想想那是"鮰"的贵气谐音，对价钱就释然了。

以前整个长江流域都有鮰鱼——从上海崇明的入海口一直到长江上游的成都、重庆，其实珠江、闽江、淮河、辽河以及英、法、俄、美的部分地区也有鮰鱼分布。江河沿岸光方言就林林总总不计其数，鮰鱼叫法当然也就遍地开花了——如长江上游叫江团（其中宜宾叫"肥头儿"），长江中游仍然叫鮰鱼，但到长江下游就叫鮰老鼠了；为了简单粗暴区别产区，有时还干脆叫广州鮰鱼、四川鮰鱼、长江鮰鱼、清江鮰鱼、汉江鮰鱼等；也有人用味道命名——不少人管江团叫"江鳗"或者"江豚"（长江上游还有古话，"江团，一名水底羊，无鳞而肥美"），荆江两岸的则喜欢叫"江猪子"。有身材歧视的，就干脆叫"肥王鱼"。名目之多，人见人爱可见一斑！

其实，江团还有一个名字，叫"石首"，这与黄鱼之类的"石首鱼"的称呼是两个概念。鮰鱼是鲶形目鲿科鮠属鱼，平时特别喜欢栖在石洞里，伸头能捕食，缩头能防守，出洞戏回流，伸缩间确实像石之首，因此借湖北荆州地名"石首"冠名倒也能自圆其说，而石首现在也是公认的鮰鱼发源地。

每个水域的鮰鱼颜色体形都有区别，江阴这一带的鮰鱼偏粉色灰色——背上的颜色偏灰，肚子浅色，还有一点点偏粉色。再往长江上游鮰鱼体色就会偏深，成都、重庆以及安徽那边的鮰鱼，背上的颜色会偏黑。而且根据水域的深浅，每个地方的鮰鱼体色都有细微变化。

荆州虽是石首鮰鱼的故乡，但因为野生鮰鱼过于名贵，所以荆州人只听过故事，对它本来的颜色极陌生。石首江段湍急，流经万石成湾，那里有长吻鮠爱的浮游生物。在秋尾到春头的六个月里，石首江段水温低于12℃，鮰鱼不再进食，所以石首鮰鱼只能半年暴食、半年饿着，不像广州鮰鱼四季生长，这也是好的江团不怕煮的原因——不管红汤、白汤，一定要煮上10—20分钟，鱼肉口感会更弹牙肥嫩。这和我们最常吃的"眼突即可出锅"的家常鱼类不同。

传说只有识得激流中鱼窝子的老渔民，才能带着特制的鱼篓捕获江团。据说这种篓子是"单行"的，鱼一钻进去就很难出来。他们把诱饵装进篓里，沉到江深处，睡到半夜三更才摸回原处，默默收鱼。

古代走亲访友，长吻鮠算是高配了，需要跟老渔民提前"预订"，进献皇上也不寒碜。而长吻鮠的真正流行，要从商贩拿它充河豚开始，等人们缓过神来，美味的声名就远播了百年！

"不吃鮰鱼，不知鱼味"，指的正是湖北十大名菜红烧鮰鱼。湖北朋友告诉我，鮰鱼体积大的更好吃，因为皮厚、胶质感重；烧好之后，汤汁的浓稠度更加明显。红烧鮰鱼会自然形成醇厚肥沃的"自来芡"，冬天一冷就结结实实，一看就补！彭子渝大师佐证说野生的长吻鮠长到四五斤也是好吃的，清蒸就行，当然过于"老"的也不推荐。"清蒸江团"是乐山一道名食，做法大致是将鱼用料酒腌渍入味后洗净，放上火腿、香菇、姜葱后，用猪油网包裹，上灶清蒸，成品味道无与伦比。

鮰鱼的腹中之鳔像个桃子，大而肥厚，中间有一条粗筋，看上去像当地的笔架山，由此得名"笔架鱼肚"。传说除石首江段之外，其他任何水域的长吻鮠都没有鳔肥体大的笔架形鱼肚。但鱼肚虽补，却能把人嘴给腻歪坏了。我自己吃，非得酸或辣来解"膘味"，比如三川九味用自晒的郫县豆瓣做的"豆瓣江团"。

心里记得最纯粹的好，就是王勇大师做的鮰鱼狮子头。那狮子头疏松细腻，笋粒的间隔，给亲吻的鱼肉之间留口气，让美味可以呼吸。据说鮰鱼狮子头的传统做法得"用一小时把鱼肉打上劲，一小时冰箱静置，好不容易捏完狮子头，还得煮个一小时……"我眼睛会了，手决定放弃至少三个小时的苦力活。

王勇这位猪肉料理大师，八成把鮰鱼当猪肉料理了。说起来也没错，鮰鱼是我心里的鱼界小猪。《山海经》里有一种鱄鱼，体形与鲫鱼相似，却长着猪毛，它的叫声也和猪一样。当鱄鱼出现时，天下会大旱。但这属于虚张声势，我要实实在在的小猪鱼！

"恩生于害，害生于恩。"可惜的是，长吻鮠2007年被列入世界自然保护联盟濒危物种红色名录，同年又被列入中国国家重点保护经济水生动植物资源名录，濒危物种再下去就是灭绝……我们因为"竭泽而渔"，逐渐丧失人类作为食物链顶端的"权力"。哪怕长江不禁渔，因为鲜美野生江团的逐渐消失，我们为了一口念想，也得忍受土腥味更重的养殖产品。

好吃到被"取精"

话说漂亮姑娘身边总有一众闺蜜讨论"驭男术"，

厉害的就类似玄奘和尚爱去西天，"没有理由，他就是爱我"。四川的雄性江团据说真的比玄奘还佛系，人家玄奘主动取无字真经，江团是被迫"取精"。

江团最好吃的季节是在春首及秋尾，经过一个冬天的休养，春风吹得江团肥；秋天结束的时候同样丰腴得惹人犯罪。照理说，这个季节的江团应该四处寻春，造福我们一方馋兔树。谁知道，雄性江团是出了名的"不主动"。

江团本来就难繁衍，因此人工的江团交配，为了给它硬捏造一个"自然"，要用到一个小玩具"羽毛"。状况就类似拍摄爱情故事的电影，为了让男女主人公迅速入戏，从"尴尬笑场"步入"自然流露"，导演只能尽量制造"非片场"氛围，嘴唇亲肿了也是不能随意喊停的。另外池里得搭配白鲢、鳙鱼，还要少量鳜鱼或鲈鱼，但要控制池内野杂鱼，不能放鲤鱼、草鱼、罗非鱼等抢食的鱼类。更令人发指的是，这个过程"造作"到需要杀雄鱼取精——因为鮰鱼精巢内部是树枝状的，很难挤出精子。之后人们才用羽毛混合双方卵子与精子，促成人工受精。只能说，这是一种"血腥情趣"。

现在四川高级酒店里售卖的"岩团"，属于江团的亚种。在人工布置的乱石丛生风格的"豪宅"里，它们会悠闲地躲在石头缝隙里。除了寻找食物吃，养殖的江团还会保持祖先的习惯，轻易不出头。但即使如此，雄性江团最后还是难逃杀鱼取精之祸……

　　每次想到这些，我就感觉自己在强吻。情急之下，每逢春首秋尾，悔意与馋意同时袭来。

三川九味豆瓣江团食谱

主材：江团

调料：三川九味手工郫县豆瓣、泡海椒、姜、葱、蒜、

　　　盐、白糖、醋、豌豆淀粉、猪油、鲜柠檬

（注：郫县豆瓣是新鲜辣椒剁碎，加盐、白酒、蚕豆瓣腌

渍于缸中，白天开盖晒太阳，晚上盖住，如此反复而成。）

步骤：

一、准备工作：

1.先处理鱼：修一下尾鳍（此步骤仅为美观），鱼头竖着

　从中间破一刀，另在鱼身上斜着轻轻划几刀（不要切深

　了，不然鱼熟后鱼肉会裂开）。

2.豆瓣剁得细细的。

3.炼泡海椒油：泡海椒和豆瓣剁细一起入锅，加入菜籽油

　炼熟。

4.姜、蒜剁碎，葱切葱花。

二、熻（dú）鱼：

熻是四川民间做菜的一种烹调方法，指用中小火、适量

调好味的汤汁煮制食物至成熟、入味的方法。如：熘豆腐、熘鱼、熘血旺……

1.锅内放水、盐、白糖。水量要淹过整条鱼。

2.切几片鲜柠檬放进锅内。

3.放适量猪油后开火熬几分钟。

4.把鱼放进去熘大约20分钟（全程用小火）。注意不要把水烧开，如果水开起来，也可以把火关一会儿再打开。

三、制作鱼香汁：

1.下1.5汤勺炼好的泡油椒油，下剁细的豆瓣（注意用小火）。

2.下半汤勺姜、蒜米子。小火炒出香味。

3.加适量水（水不要多，大约1.5汤勺）。

4.下糖（大约1/6汤勺），把糖熬化。

5.加醋少量（小勺），盐少许。

6.水淀粉勾芡（此时开大火）。

7.再加点醋，撒上葱花，大火收汁吐油，关火。

四、将熘好的鱼放进鱼盘，把鱼香汁浇上去，撒上葱花。完工！

求痛风路上温柔一刀

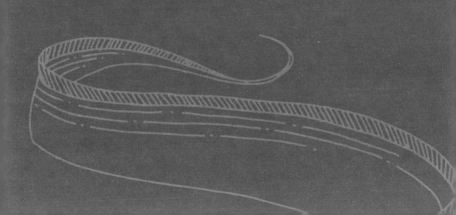

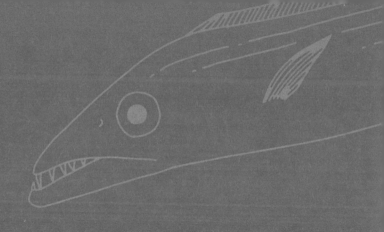

[*Trichiuridae*]

带鱼

银带千围，满载而归。

渔翁暴富，蓬荜生辉。

——《海错图》带鱼赞

海钓的朋友经常钓上来半根带鱼，
原因是被带鱼同伴咬掉了一截。
"感人，为了救同伴？"
"才怪，带鱼连同类都吃。"

我喜欢吃鱼唇，小时候带鱼上桌，唇部都是干干脆脆"一剪没"的。这也是大人的疼爱——带鱼作为凶猛的肉食性深海洄游鱼类，两对倒钩状大犬牙足以吓哭小孩。

清代聂璜《海错图》中描绘了钓带鱼时首尾相连、上钩一串的场景，据说是为了营救同伴。但根据实际习性，多半是因为贪嘴的带鱼本想对已经上钩的同伴落井下石，结果来不及脱身，只好和同伴一起赴死了。清朝医学家、杭州人赵学敏在《本草纲目拾遗》中特地补充："据渔海人言，此鱼八月中自外洋来，千百成群，在洋中辄衔尾而行，不受纲，惟钓斯可得。"他的描述很有意思，海中的带鱼像在玩接龙游戏，一头紧接一头，衔尾而行，因此无法用网捕捞，只能钓。怪不得厦门有谚语：白鱼连尾钓。

带鱼可以在水中十分轻盈迅猛地水平移动，也可以在水流平缓的地方将身体竖立起来，在水草间明晃晃的，锋利而冷静，像"刻舟求剑"故事里遗失的古剑。捕食时，它们又变作一张弓，背鳍急速振动，身体弯曲，扑向食物，像闪电一样让其猝不及防。这种迅猛进攻，通常是致命的。

在海里，带鱼是追着日本鱵（刀鱼）、小鲨鱼吃的，有时它们甚至会同类相残！这种现象日文称为"共食い"，大概是带鱼怕白瞎了自己20％的脂香，爱自己到癫狂。

春夏之交，秋冬之间，带鱼喜欢在水草幽暗处缠绵，雌雄虽然肉眼难辨认，但围着雌鱼跳舞的雄鱼会一改平时冷峻的神态，温柔出征，一下就暴露了硬汉的心意。可能是太激动，雄鱼通常会就地吞掉雌带鱼刚生的一部分卵——这牙尖嘴利的家伙贪吃起来连自己的尾巴都不放过，何况幼种。

带鱼这"一死死一串"的困局，让我想起爱吃的学者胡适险些酿成的祸。他的学识、成就、财富都在那个时代大部分文人之上，更有一副儒雅气质，迷倒不少文艺女青年。他婚礼上的伴娘曹诚英（胡适三嫂的妹妹，两人曾在杭州烟霞洞相爱）就曾为他未婚先孕，最终还是妻子江冬秀以自己与两个孩子的性命相逼，才得以平息这场爱的风波。

带鱼是江浙餐桌上难割舍的丰腴瘾

人类治疗哀伤的特效药准有一味是油脂，只有油脂够的肉类才有资格被烤着吃。在日本，夏秋的白带鱼盐烧、蒲烧（和蒲烧鳗鱼类似）、西京烧（以西京味噌腌渍）、幽庵烧（以酱油、酒、味淋腌渍）都是很迷人的做法。而照烧带鱼的酱汁棕红油亮、鱼肉外焦里嫩的甜咸滋味，不仅趁热吃口味绝佳，就算放凉了吃依然浓郁到回味无穷，所以也是最佳日式便当菜。而在国内，我们东海产的白带，有"油带"一说，更肥润，也特别适合烧这道菜。

我记得小时候带鱼是江浙餐桌上非常普通的一道菜，可能是因为便宜。家里吃得多的带鱼是一掌宽的远洋带鱼，身体像镜面一样，硬骨头上有圆球形的骨珠子（石骨）。后来大人告诉我，南海和远洋大眼睛带鱼不那么好吃，肉厚但僵，可我觉得还是鲜润的。每次我吃得磨叽时，妈妈还会唠叨之前鲜带鱼少，她是吃上海梅林牌带鱼罐头的——炸之后再红烧入味，比红烧肉鲜多了。

浙江台州地区有个说法，夏天不吃带鱼，说是有毒。我看了《本草纲目》，里面没有记载带鱼。我的考证是因为夏季微生物容易滋生，所以现在市场上的商贩经常放甲醛让带鱼保鲜。

外婆喜欢逢年过节买四五指宽的带鱼，要么蒸饭吃，要么做成我永远吃不厌的红烧带鱼。这道菜外婆有时候会多做一碗放过夜，带鱼冻就成了，正好变成第二天早上配泡饭的佳肴——炆一块在里面，整碗泡饭水琥珀色晕开，淡酱油鲜带鱼高汤浑然天成，再夹上一整块冻得像宝石般的带鱼冻，这软冰含在嘴里淌成浓汁，消融出带鱼的幽光，再顺势咬块紧致鱼肉过着热汤吃，过瘾两重天！

长大后，我才知道国内的渤海小眼带鱼是最优选，可能是渤海海水更冷的原因。杭州渔业大佬余军强告诉我："带鱼在台州不太多，山东渤海那里多。"而江浙坊间传说舟山沈家门的雷达小眼带鱼好，就忽地流行起来。海洋专家李恩告诉我，冬至时候雷达网带的品质最好，而且晚潮带鱼也比白天的好吃。所谓的雷达网带并不是要用雷达来探测位于海洋底层的带鱼，而是渔民在渔船上把网布好后，利用渔船定位监测系统捕鱼。底拖渔船就像雷达一样旋转移动，这样就能捕捞到深海中肉质最肥厚的带鱼。

小眼带鱼（因为眼睛相对较小，所以如此命名）眼睛白而清澈，体形修长而泛亮银色，是白带鱼的亚种。被捕捞上来后，虽然银色鱼皮被刮得"掉漆"严重，但食客难得吃到粉粉沙沙的奇妙口感，还是会惊叹。我有次在温州威斯汀酒店吃到郑师傅做的白烧的带鱼冻，更清淡些，下酒吃绝妙。

国内带鱼用手指测量宽度，在日本也是这规矩。在日本，完整的一本钓（几指就是几本）、活杀的白带鱼价格更高。一般海钓的白带鱼在四本宽左右。三本宽的白带鱼可以做成炸物（天妇罗、唐扬、竜田扬），五本以上的做刺身。六本宽的属于大鱼，钓者叫"dragon"，得摆庆功宴了。

也不能天天有那么大的带鱼吃。小时候家里有道小菜，专治我逃吃饭的坏毛病：外婆用的是三指宽的带鱼，仿照宁波风带鱼做的——带鱼去鳍、尾，浅浅划一刀去内脏，不洗，抹匀盐，腌制半天，再用清水洗净。然后放在沥水用的带孔铝箔笼屉上，在西北阳台上阴干半天。吃的时候切成段，热油炸酥，也能香上天。即使是腌渍吃的，家里老人家也觉得带鱼产区至少得是东海的，不能再南了。正如聂璜在《海错图》中提起的"带鱼闽中腌浸，其味薄，其气腥。至江浙，则干燥而香美矣"。

所以明代博物学家、福建人谢肇淛在《五杂俎》提到带鱼时，会把它当成家乡上不得桌面的低贱特产："闽有带鱼长丈余，无鳞而腥，诸鱼中最贱者，献客不以登俎。然中人之家，用油沃煎，亦甚馨洁。"袁枚在《随园食单》里附和："鱼无鳞者，其腥加倍，须加意烹饪。"

古代带鱼腥这状况，多半也是因交通受限。好的带鱼是绝无腥味的，生吃有弹性、鲜甜，这与受舟船劳顿之苦的凹眼冷冻带鱼完全不可同日而语。美食作家林卫辉说，为了平衡海水盐度，包括带鱼在内的很多海鱼体内会含有一定量的氧化三甲胺（TMAO）。鱼类死后，随着时间的推移，氧化三甲胺逐渐被细菌分解为三甲胺（TMA），这是鱼腥味的主要来源。而鱼油中的DHA和EPA容易氧化，产生的醛酮类物质，也会带来令人不愉悦的风味。而我们现在吃到鲜度高的带鱼的机会越来越多，偏见就在美味中治愈。

何况带鱼那么美！旧时很多人只见过银灰色的白带鱼，其实那是它死后的颜色，活带鱼体色是青蓝色带银色光泽，那逼人神采能晃瞎人双眼。《海错图》说其"望之如入武库，刀剑森严，精光闪烁"，那卖鱼摊子被光一照，滑洁靓丽的带鱼能照出人影，冷峻中变化多端，银光彩光随风影动，不吊起来卖简直就亵渎了艺术！

浙江人屠本畯记录福建海产，在《闽中海错疏》描述说："（带鱼）身薄而长，其形如带。锐口尖尾，只一脊骨，而无鲠无鳞。入夜烂然有光，大者长五六尺。"大部分带鱼似蛇一般，全身无鳞，但是，带鱼是不归无鳞一族的，它天生有鳞，只是鳞片逐渐退化成白膜。新鲜的日本太刀鱼表面具有微小的鳞片，呈银白色且可以折射光线，因此非常新鲜的白带鱼在灯光下表皮会同丝绸般闪亮发光。不管清洗什么带鱼都要注意，一定要把鱼腹内的黑膜撕去，这才是带鱼产生腥味的根源。

爱吃鱼的江浙人，鱼鳔与鱼籽都属于其"手下留情"系列，处理时是不肯扔的。我小时候看家里人收拾带鱼是家常便饭，那时才知道"渤海刀"没有鱼鳔，而远洋带鱼有鱼鳔——不是所有鱼都需要鱼鳔的，顶多活动没有那么自由而已——鲨鱼也是没有的。这不重要，重要的是没机会吃到。

无论如何，吃上好带鱼都是一件值得珍惜的事情。聂璜曾经不自信地说："然闽之内海亦无有也，捕此多系漳泉渔户之善水而不畏风涛者，驾船出数百里外大洋深水处捕之。"按福建传统，钓带鱼，渔民得摸黑，一般晚上放钩，清晨收。渔民聪明，长绳间隔着套上竹筒，这样就能借助竹筒的浮力让绳子浮在海面。这竹制的GPRS还能定个位——渔民在长绳上用铜丝间隔着挂满上百个鱼钩，基本位置就在竹筒附近。收的时候，如果绳子超长，小船就划到竹筒边，一个个收过来；短一些的，渔民就把鱼竿插在近海的石缝里，鱼一咬钩就提竿。

带鱼最大的渔场其实都在聂璜老家浙江——全球带鱼产量东海最高，尤其是嵊山渔场，现在的名优产区则在舟山。

漂洋过海吃带鱼

一般霸主级生物，总能掌握更多生殖权。白垩纪的恐龙、新世纪的人类都属于这种状况。

从肉体到内心，凶悍都是带鱼第一特征——一个谣言："ribbonfish"（彩带鱼）是带鱼的英文俗名，就不攻自破了——"cutlassfish"（短刀鱼）或"hairtail"（发尾鱼）才是带鱼的英文俗名。"ribbonfish"其实是桨鱼（Oarfish）的俗名，也叫皇带鱼，又称布伦希尔蒂，俗名龙宫使者、白龙王、龙王鱼等，嘴很小，没牙齿，属于深海鱼的粗鳍鱼科。它们广布于热带深海，很少见于水面，是海洋中最长的硬骨鱼，腹鳍和背鳍均呈红色，属于肉食性鱼类，吞食一切海洋动物。

看带鱼的复杂种群，就知道它们多么强势，又多么爱谈恋爱！带鱼属于脊索动物门下脊椎动物亚门中的硬骨鱼纲鲈形目带鱼科，家族复杂，中国沿海主要有白带鱼（带鱼）、短带鱼（琼带鱼）、南海带鱼、小带鱼（黄海的带鱼和小带鱼是同科不同属）。因为惹人爱，带鱼名字也极多——《医林纂要》称之鞭鱼，《柑园小识》称之裙带鱼，《福清县志》称之带柳，还有牙带、白带鱼、鳞刀鱼、青宗带、海刀鱼、银刀鱼等，青岛、日照等黄海沿岸城市则称之鮤鱼。

带鱼遍布三大洋，数量较多，在中国的黄海、东海、渤海一直到南海都有分布，和大黄鱼、小黄鱼及乌贼并称为中国四大海产。台湾地区产量最多的带鱼为白带鱼（白带鱼是上品，也被称为高鳍带鱼，俗名白鱼、裙带、肥带、油带、天竺带鱼……），产地为东海海域。中国沿海的带鱼可以分为南、北两大类。北方带鱼个体较南方带鱼大，在黄海南部越冬，春天游向渤海作生殖洄游，形成春季鱼汛，秋天结群返回越冬地洄游形成秋季鱼汛。南方带鱼每年沿东海西部边缘随季节不同作南北向移动。反正气候一暖，带鱼就靠岸。

就像阿喀琉斯之踵，再猛的人也有弱处。带鱼喜欢灯火，却爱藏在暗处。它们在夜晚上浮至海水中表层捕食灯笼鱼、鲳、鲨等群游性小鱼，也会趋近沿岸捕食鲱、鳀、乌贼或甲壳类动物。带鱼普遍"刚烈"，深海带鱼"出水即死"，绝不苟活。别说鱼鳔炸裂而死正常，深水作业后的潜水员也需要缓缓上浮以摆脱减压病的困扰。带鱼被快速捕捞上岸后，外界气压变小，体内压力依然很大，极大压强差促使器官和组织内的氧气等从血液中析出，阻塞血液循环甚至引起器官爆裂，导致带鱼死亡（俗称"减压病"）。可是也有例外——在近表层海面活动的带鱼，出水也是闪着银光活蹦乱跳。

带鱼游泳能力差，白天浮在海水表层，晚上就沉到海底。平时静止时头向上、身体垂直，只有背鳍及胸鳍挥动，眼睛则注视头上的动静。因此，它在日文中的另一个名字是"立鱼"。不过，据我所知日本的白带鱼是国内的亚种，日文称タチウオ（tachiuo），汉字写作太刀鱼、立鱼。平时说的太刀，就是日本刀，日语读法是"たち"，是"切断"的意思。太刀鱼的鱼身更短，鱼尾鳍分叉，吃起来口感更丰腴。

我记得俞斌大师做过一道东海太刀鱼——将太刀鱼去骨，一块分作两片，中间涂上海苔碎再蒸熟。他不用面粉，直接将鱼骨熬成汤，以鱼自然的胶质混上一点奶油、海苔芝麻酱制成酱汁淋在鱼上，最后加入少许鱼子酱来提味，吃得我流连忘返。

白带鱼也具有结群排队的特性，每年春天回暖水温上升时，白带鱼成群游向日本西岸，由南至北进行生殖洄游，是日本捕捞季节；冬至时，水温降低，白带鱼又游向中国水深处避寒，因此舟山渔场捕捞的白带鱼在冬季品质最佳。

夏天，日本有好多鱼值得惦记，比如米其林偏爱的黄带拟鲹，《深夜食堂》里的竹荚鱼干，"和歌山拉面"的鲣鱼汤底，但都没有带鱼刺身来得强烈，毕竟在国内很难吃到。

在日本，虽然全年都可以吃到白带鱼，但以夏季为宜。日本白带鱼分布区域非常广，数爱媛县产量最大。肥润的带鱼除了直接烧烤，还可以卷在竹棒上加酱汁烧烤，称为带鱼"卷烧"或"竹烧"，是爱媛县宇和岛等地的名物。按照出产量排序，其他主要产地还有和歌山县、大分县、广岛、长崎县、鹿儿岛等地区——多位于日本西部海岸。比较有名的白带鱼包括熊本县芦北町的

"田浦银太刀"，脂香浓郁，长崎县五岛滩北部的小值贺岛、白濑岛出产的"白银"和对马海峡东方海域出产的"银太"则体形较大、肉质上乘。和歌山县有田市周边，人们会用白带鱼肉和鱼骨搅碎做成鱼饼，再油炸食用，称为"骨天"（ほね天）；在大分县，人们会将白带鱼带中骨薄切成"背越"（背ごし），蘸醋味噌、酱油和山葵食用。白带鱼如果尺寸小，还可以剖去刺，像百叶结一样用作炖煮或制成炸物。但在日本，带鱼刺身、寿司和醋物的做法相对常见。

东京麻辣大学的餐馆老板王晶说，日本不是因为食材新鲜才用来做刺身的，而是传统日本人脑子里根本没有除了刺身和简单煎之外的第三种烹调方式（特产和地方小吃除外）。她还告诉我："在日本，7—10月是太刀鱼捕捞量最大的时候，5—6月、11月会相对少一些，但也处于渔汛。6—10月太刀鱼因产卵所以最肥，也比较成群，这时候餐馆到处是太刀鱼，而且价格便宜，其他季节白带鱼则更贵，因为产量小。"对中餐馆来说，想象空间就多了，蒸炒烹炸什么都做。高级的料亭中白带鱼只在夏季的菜单中出现——白带鱼每年夏季会到洄游到日本海域产卵，这时白带鱼体内的油脂最为丰富，肉质细嫩柔软，味道和口感最佳；而进入秋天后，产卵完毕的白带鱼虽然也可以大量捕获，但其味道和口感均不如夏天的太刀鱼肥美。中国其实跟日本一样，国内几乎一年四季都有带鱼，只是渔汛时候更便宜。"每年3—4月、11—12月这四个月是国内带鱼最鲜的时候。"余军强说。

还有一种叫天竺太刀（テンジクタチ），主要产于鹿儿岛，夏天正好也当季，与太刀鱼的不同之处在于其背鳍、眼睛和嘴部都带有淡淡的黄色。南美也出产这种带鱼，肉质细腻，但鱼皮过于硬，适合做煮物。

我喜欢带鱼的银色外皮，雪亮的，要是谁拿一条风干得宜的带鱼干，乘风而立，远看去就是日本武士。不过武士万一有痛风，手上"剑"就真的是致命伤，原因就是闻风丧胆的"嘌呤"二字。其实所谓的银鳞并不是鳞，而是一层由特殊脂肪形成的表皮，称为"银脂"，主要成分是鸟嘌呤。为了形容它的珍贵与美丽，日文称这银膜为"太刀箔"（たちはく），可以起到隔离微生物和反射光线的作用，对带鱼的身体形成保护。那也是营养价值较高且无腥无味的优质脂肪。另外，银鳞中含有不饱和脂肪酸，具有降低胆固醇的功效。但每100克带鱼中的嘌呤含量高达391.6毫克，属于高嘌呤食物（一般高嘌呤食物每100克含嘌呤150—1000毫克）。对于患有痛风的人群而言，带鱼是要绝对禁食的，而血尿酸偏高的人群也要控制带鱼的摄入。

我也忘了谁告诉我，如果在痛风期间吃辣椒容易导致红肿疼痛加重。可是眼前这麻辣带鱼我在日本麻辣大学已经点好。这冷艳辣手，让人难以抵挡，温柔一刀。

菜肴名称 *Dish name*	学名 *Fish's scientific name*	昵称 *Nickname*	活动水域 *Waters*
红烧带鱼、 清蒸带鱼、 干煎带鱼、 带鱼饭	Trichiuridae	牙带鱼、 肥带、 油带	主要分布于西太平洋和印度洋，在中国的黄海、东海、渤海一直到南海都有分布。

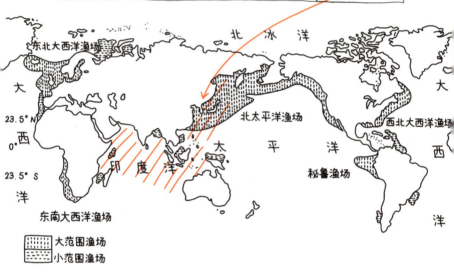

时令风味 *Seasonal flavor*	好吃部位 *Tasty part*
带鱼比较好吃的季节是 冬季，在冬季的时候带鱼又肥又美。有谚语"冬至过，年头末，带鱼成柴片"，即冬至到春节前天气寒冷，带鱼会像木柴一样肥厚。	全身，肚子上的肉尤为肥美。

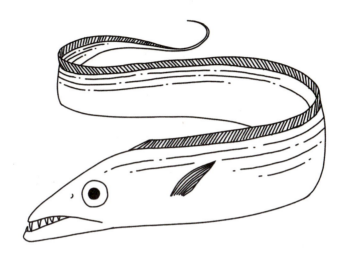

交配方式
Mating mode

带鱼产卵期很长，一般以4月—6月为主，其次是9月—11月。带鱼具有活群排队的特性，每年春天回暖水温上升时，会成群游向近岸，由南至北作生殖洄游；冬至时，水温降低，带鱼又游向水深处避寒。

肉质特征（生/熟） *Meat quality characteristics (raw / cooked)*
带鱼肉质细嫩，油脂含量高， 并含有丰富的卵磷脂。

做法（生/熟） *Cooking method (raw / cooked)*
日本会吃带鱼刺身， 中国一般煮熟吃。 家常做法有清蒸、红烧、糖醋、 干煎，温州、台州一带会与白萝卜丝 或盐菜条同烧。

典型做法评价 *Typical cooking practice evaluation*	🐟🐟🐟🐟🐟
重量 *Weight*	🐟🐟🐟🐟🐟
鲜美程度 *Degree of delicacy*	🐟🐟🐟🐟🐟
鱼刺疏密度 *Fishbone density*	🐟🐟🐟🐟🐟
纤维硬度 *Meat fiber hardness*	🐟🐟🐟🐟🐟
湿软程度 *Degree of wetness and softness*	🐟🐟🐟🐟🐟
软颗粒感 *Soft granular sensation*	🐟🐟🐟🐟🐟

是王子，也是土匪头子

[*Pisodonophis cancrivorus*]

土龙

古昔龙蛇，驱放之祖。

至今海表，尚存其余。

——《海错图》海蛇赞

> 人类有时候确实挺变态的，
>
> 想让神奇的物种"永生"，
>
> 就做成标本（包括木乃伊）；
>
> 想继承这物种的神奇功能，
>
> 就泡成药酒。

我见过各种不忍直视的药酒罐子——生猛活物据说最好趁活浸酒，药效最好。天上飞的，地上跑的，水里游的……怕什么，把福尔马林换白酒不就泡了！

不仅中国人热衷泡药酒，十六世纪的美洲大陆北部居民也认为，小型皮毛动物的睾丸是避孕的关键，因此一些妇女会把海狸的睾丸泡在酒里，把喝这种酒作安全措施。我相信这种药酒在中国没市场，因为在国内如果说一味神乎其技的药酒居然没有壮阳作用，就很难立足。杭州野生动物园2021年夏天跑了三只豹子，一周还没有全部找回，听到这个消息我是极为担心的。

"闽南人会拿土龙去泡药酒，还要加点枸杞之类的药材，或者用土龙跟老母鸡、猪尾巴去炖汤。"我的朋友、"闽南美食之光"吴嵘有次和我闲聊说起。他的"遇外滩"是中国境内第一家闽菜米其林餐厅，徒弟陈志评还拿到了上海历史上第一个米其林年轻厨师奖。听说他也喜欢吃土龙，我仿佛听到了药酒罐子颤抖时发出的"叮梆"声。

土龙看着像鳗又像蛇，其实是种蛇鳗，古人分类没有那么细，"如蛇而无鳞甲"的全叫海蛇。不过海蛇不是让人激动，而是让人镇定的。聂璜在《海错图》里说："康熙己卯，张汉逸姊丈金华香室有干海蛇二条，云为琉球人所赠，可为治疯之药。"也许看到美娇娘却坐怀不乱，在古人看来是脑子不正常的表现？抑或，干的让人镇定，湿的让人雀跃？不得而知。

话说回来，蛇鳗这个科确实生猛，澳大利亚国家鱼类收集中心鱼类学家约翰·波戈诺斯基（John Pogonoski）曾经写过，当蛇鳗被鱼吃掉后，会挣扎到最后一刻，就算死了也要用坚硬的头部或尾巴刺穿"凶手"的消化系统，然后进入鱼类的体腔、肌肉组织或膀胱，在那里木乃伊化或变成一个囊肿。吃蛇鳗的野生动物也是要冒生命危险的——苍鹭会被戳穿喉咙，海豹的鼻腔会被猛钻过去，大鸟的嘴巴和喉咙会被死缠……这口中妖孽，恐怕只有人类能一物降一物。

蛇鳗白天喜欢躲在海床的沙砾或者陆上淤泥里，夜间才神行太保般出没行动。母土龙生孩子时，会把自己半截埋在疏松的海床里，少顷，小土龙会跟放烟花般地从周围钻出来。土龙虽然听起来是补肾圣物，但其实是一个晚熟的家伙，在淡水中生活到6岁左右，才开始降河入海，进行"成年"的产卵、受精活动，但结束后蛇鳗父母通常会慢慢死去。有趣的是，土龙不是胎生的，是胎卵生——一些介于爬行类动物和哺乳类动物之间的类群，会出现胎卵生的现象（爬行类是卵生，哺乳类是胎生），胎儿通过卵黄吸收营养，几乎不参与母体的循环——这种孩子基本都是狠角色，蛇之类的基本都是胎卵生！

土龙水陆两栖，而且有"铁头功"。头部因用力而胀大时，呈现三角形状，鼻子有肉瘤，拱土开泥路孔武有力，蛏农因为它这个特异功能几乎发疯。蛏苗主要的敌害就是土龙，土龙会溜进蛏埕里悄无声息地猛吃蛏苗，等发现的时候，这群家伙已经跑了。它们一般在立夏前后窜进养蛏的埕中吃蛏，到秋季后退到海中越冬。当然，土龙的生命力非常顽强，就算一大段时间不去喂食，它照样活得好好的。

为此，蛏农不惜把农药撒在养殖池，想把这些"土匪鱼"毒死，但普通剂量的农药对它们来说毫无用处，却会让池里的蛏苗或鱼苗遭殃。普通鱼类捞上岸，丢弃岸边后隔天就会腐烂发臭，但土龙只要肚子里没有杂物，就算丢弃岸边多日也不腐烂！另外，土龙自由出入咸淡水，皮肤可辅助呼吸。理论上说，只要蛇鳗身上黏液不干，离开水就没什么问题。

目前我是没听说杭州有人吃土龙，但最早的土龙"壮阳"记载却来自杭州。《稗官野史》里面说隋炀帝开凿运河，有次在杭州欣赏新塘夕照的美景时，有父母官和方士上船求见隋炀帝，告诉他在出海口，即淡水与海水交汇之处，出现"一形似蛇体的爬虫，行动快速，出没无常，不易捕捉，然据方士所言，该物为男性之圣品，究其以形补形，几经吃后，床笫之间妙用不可言喻"。炀帝大喜，吃完真的夜御数女，仍觉未殆，于是将其命名为"土龙"，又叫太医搜罗天下奇药，和土龙粉末一起浸酒泡制，作为皇朝滋补圣品。之后又听信谗言，打造御女车残害处子，一时人民怨声载道。

土龙不是龙，不是蛇，也不是鳗鱼！其学名叫"食蟹豆齿鳗"，也有称作波露荳齿蛇鳗的，这东西连螃蟹都吃，足见其凶猛。民间认为正宗的土龙有四个亚种，但因为数量稀少，还没有成体系的分类研究。和隋炀帝那时候一样，土龙喜欢栖息于淡海水交汇的河口地带，平时埋藏于浅水域之烂泥底质中，非常贪吃，嗜食贝类及甲壳类。

真正的土龙身体上有斑点，腹部呈白色或黄色，尾部为圆锥状（一般鳗鱼为扁状），呈朱红色，亦即民间所说的胭脂尾，活动于沿岸浅海滩涂泥沼中。西起索马里、印度、斯里兰卡，东达波利尼西亚，北至日本，南到澳大利亚、新几内亚都有土龙分布。它们主要生活在印度—太平洋热带海域，包括中国台湾南部、北部、东北部及兰屿、绿岛、澎湖海域，较罕见于东部海域，目前仅兰阳溪河口一带尚有点状分布。

按照厦门人的说法，土龙的功效就像能打通任督二脉的内力真气，可以帮人活血化瘀，气血两通！正因土龙的神奇，在坊间传说中它的特殊药用价值就更势不可挡。

泡白酒是闽南吃土龙的特色食方之一，土龙加入洋参、田七、当归、川芎、巴戟、肉桂、海马等于坛中泡制，数年之后，酒汁浓稠跟膏一样，喝完就呼呼冒汗。更闽南家常的土龙做法仍然是汤羹，里面也是精彩荟萃。

不过传说毕竟是传说，喝个汤犒赏自己，汤里的料至少要真枪实弹。吴嵘是那种没事自己吃个牛鞭土龙汤加午鱼焖饭然后在朋友圈晒个"太幸福"，再在满屏凡尔赛的白眼中去健身房血脉贲张的人。我对他使了个狐疑的眼色，他神色淡定。闽南人日常就对土龙有崇拜，有种随缘的朝圣者心态。"闽"字在古汉语里本来就代表长龙。当地的吃法是加入当归、枸杞，用陶锅慢炖，升级版的"龙凤配"是搭配老母鸡的。

遇外滩的土龙汤加了厦门本地专供出口的传统固本药酒，记得几年前美食家酱油哥组局去厦门烧酒配吃夜宵，上青本港海鲜的老板杰哥、海敢小鱿鱼的老板张勇作陪，那姜母鸭的香气神秘，胜凡汤又似药。

酱油哥介绍说这里面放了固本药酒，按传统里面会有牛膝、何首乌和枸杞子等材料。这样的药酒是厦门人吃文化的缩影——通过酒精萃取食物的精华，从而被人体吸收。旧时王谢堂前燕，飞入寻常百姓家，吃得强身健体很重要。

那次我在厦门，逛了传说中厦门的筑地市场"八市"（厦门第八菜市场）。那天刚好海洋博物学家海鲜大叔在那儿录央视的节目，那是我第一次亲眼见着活的野生土龙——有些发黑，暮色迷蒙中，孤零零一条盘在水箱里，有明显伤痕，加着氧气装置，标价2000元左右。海鲜大叔笑着说，为了增加"功能"，现在有些卖土龙的真敢下药。我突然想起吴嵘的淡定，才悟到，无论什么食材都应是慢的，不然真成药了。

　　土龙师傅看潮水、天气、风向后，在退潮的沙滩寻找土龙洞，看四下无人，才用独特的手法用鱼叉将土龙由泥穴中挖出来，因此土龙身上必然留下鱼叉的伤痕，像"名杀手"的私人印章。这也是土龙出售时一定体无完肤的原因。野生土龙本来就少，会抓的人更少！捕捉土龙的专业渔夫，都有一柄代代相传、秘不示人的法宝鱼叉，用旧了才重新打造，而且打造过程必须保密——渔夫会远去他乡，找个老练却不相熟的打铁师傅仿制，完成后立刻带回，绝不多留片刻（主要是怕绝技被盗用）。渔民一般趁夜色抓土龙，这让我想起鲁迅小说里用钢叉在西瓜地里叉猹的闰土。

　　吴嵘告诉我："记得我小时候土龙在福建已经是比较珍贵的食材了，所以不是一般家庭能经常吃的。要熬煮一锅好的土龙汤，需要很多鸡鸭、蹄膀一起炖，制作成本比较高。家里面既不具备条件做，操作也麻烦。"

　　那是大实话！土龙浑身都是细刺，长时间炖制才会让骨肉分离。用老鸡、龙骨、猪尾做底，土龙微煎后放入陶锅慢炖三个小时，汤汁浓稠醇厚，跟奶酒似的，有微微酒香。反正到厦门海沧吃过土龙汤的人都知道，哪怕是小破馆子，都至少要提前半天预订。另外，处理土龙跟杀鳗鱼似的，得用约80摄氏度的热水烫一下，去除表皮黏液。

吴嵘还记得第一次接触土龙，"家庭聚餐时在某个酒楼第一次喝到这个汤，刚开始喝的时候觉得不喜欢"。小朋友嫌弃土龙汤有药材味。"但我看大人们都觉得这个东西好啊，每个人都要多喝几碗似的。喝完之后里面的土龙肉、鸡肉不舍得让服务员收走，还交代他们帮忙撤回厨房，重新加点水把肉搅烂掉，再熬一熬，拿出来继续喝。"

说来有意思，在人家稀罕乌耳鳗鲡的时候，土龙就是个多刺的"替身演员"。现在替身翻身，简直是鳗鱼中的鲥鱼待遇。闽南地区如果捕捉到土龙都知道直接拿来炖汤，将其连骨带肉炖化掉，只喝汤中的营养。这奢华吃法现在慢慢开始普及。

"传说中土龙的功效是活血舒筋、滋阴壮阳——女人吃了滋阴，男人吃了壮阳。如果男性朋友有那方面的障碍，喝了土龙汤，哇，觉得马上就可以成为一夜七次郎啊。"

闽南也把土龙叫成"地龙"，潮汕人则叫"杜龙"。总之，大小都是龙一样的存在。闽南民间把"药膳土龙"或喝"土龙药酒"当成提高男性续航能力的圣物，以及治疗跌打损伤、帮助产后恢复的良药。有钱人家总会为媳妇或女儿，浸一坛这样的药酒，就冲着土龙生前断头还能行路的生命力，喂奶喝酒都不碍事，未来接班人和老公偷喝一点也是好事，可见这"偶像"的号召力！

后来，吴嵘自己做厨师了，也开始学着师傅做这道汤。"我不懂土龙汤有没有传说中的功效，但喝起来确实身子会特别暖和。特别是到天气很冷的时候，喝完汤之后，会觉得全身发热。应该是里面的药材跟药酒起到了一定的作用。土龙肯定也是很滋补的——从它的凶猛程度就看得出来。"

土龙金贵，潮汕人、海南人和台湾人也有崇拜情结。潮汕喜欢堂焯土龙的爽脆与清甜感，但需要刀工极佳的大厨，上一把锋利大刀，用"细切"的手法和纵横交错的刀法将骨与肉都切碎，皮却不受损，这样处理后的土龙可直接入口，而不必担心刺会刺伤人。处理好的土龙肉切成块后，还可投入煮沸的上汤或清水，烫大约10秒钟，捞出淋上葱油即可，吃的时候只需蘸普宁豆酱或酱油，肉质紧而细腻，皮脆弹，与喝汤是完全不同的口感！

这些年来真正的野生土龙重金难求，养殖的在"八市"一斤也要百元起步。每年到补冬的时候，厦门的中老年人都要吃条土龙祛风寒、补筋骨。福建的大排档有一道下酒菜，叫炸土龙，看价格就知道是假的，用骨鳝做的——土龙和骨鳝的价格相差不止6倍。土龙一般颜色较黑，圆胖、体滑，没有任何凸起；而骨鳝相对土龙颜色较浅，有些甚至呈浅黄色，鱼身短瘦且硬，尾部有一根尖刺——这是土龙和骨鳝最明显的区别。还有人拿颈带蛇鳗来忽悠不懂的人，可是一看花纹，人家脖子上套着一个黑围脖似的，区别太明显！硬要假冒，还不如选硬骨鳗，俗称硬骨串（chuan），光从长相说，就是个好选择。况且蛇鳗科的鱼类吃起来真的差不多，不同点在于有些喜好在泥沼生活，有些喜好在海水清澈处活动。

吴嵘告诉我，现在厦门人请客吃饭，冬天上一锅土龙汤，就代表着主人很豪气，而且大多是在招待外地来的朋友。"因为土龙很贵，如果真的是野生的土龙，一斤应该要三百来块。一只土龙可能两斤重，那就是五六百块，再加上一些老鸡啊、猪尾巴什么的去炖，然后饭馆还要赚钱嘛，所以这道土龙汤可能就要一两千块了。所以有时候请客吃饭，有土龙汤就说明这老板大气，对朋友好。当然老板也会跟朋友们介绍土龙汤有多好。"

　　土龙本身是温补的，按照闽南老话说，土龙汤应该在冬天喝，而夏天喝容易上火。"原因是里面有药材，有药酒。"吴嵘说。

　　我斜着眼睛嘀咕：不为上火，为什么要吃……

附：土龙泡酒土方

1. 先将野生活土龙饲养几天，让土龙把野外吃的螃蟹壳等吐出，并排出身体里的土质。

2. 将土龙放在塑胶袋内以米酒充分清洗，以去除土龙身体水渍，防止泡制失败。

3. 将土龙置入酒瓮中，倒入高梁酒（或高度米酒、白酒）淹过土龙，将酒瓮放置阴凉处。泡制一个星期，使土龙的成分释放于酒中。

4. 泡制一星期后，当酒液呈现金黄偏绿色时，放入中药材。

5. 万一泡制失败，成品会出现腥臊臭味，不能饮用。如出现浓浓的土龙味——类似海产味、鱿鱼干味，不酸、不刺鼻，泡制就成功了。

严防孕期出轨

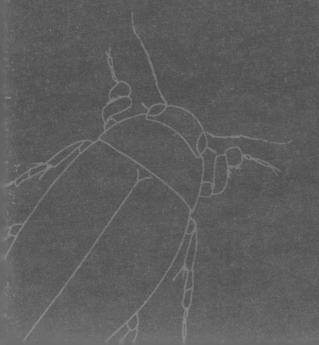

雾鬣云萃，龙鳞土甃。

风伯雨师，空中探出。

——《海错图》龙虱赞

菜肴名称 *Dish name*	学名 *Fish's scientific name*	昵称 *Nickname*	活动水域 *Waters*
椒盐龙虱、油炸水蟑螂	Cybister	龙虱、水龟子	湖南、江苏、福建、浙江、广东、广西、湖北、四川等地水域。

东北大西洋渔场
北 冰 洋
大
23.5°N
西
0°
23.5°S
洋
西
印 度 洋
太
平 洋
北太平洋渔场
西北大西洋渔场
大
西
秘鲁渔场
洋
东南大西洋渔场

大范围渔场
小范围渔场

时令风味 *Seasonal flavor*	好吃部位 *Tasty part*
	……瑟瑟发抖……

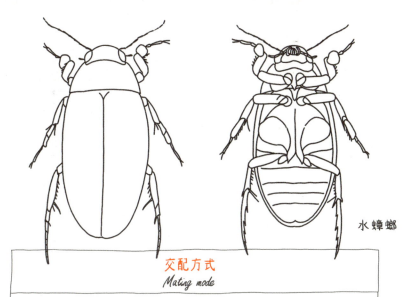

水蟑螂

交配方式
Mating mode

中国雄性龙虱用两对抱握足吸住一只雌虫，进行交尾。雄龙虱前足和中足特化的跗节具有强大的吸力，能够牢牢吸住玻璃一样光滑的物体，如果一只雌虫被吸住，基本没有挣脱的可能。交配时间一般在30分钟左右，最后雄性一般会用外生殖器在雌性的最后一节腹节末端的泌产生一个生殖栓，生殖栓呈乳白色，可以将最后一节腹板的腹面完全包裹住。雄性产生生殖栓的目的是阻止其他雄性与已交尾的雌性再次交尾，保证了这只雌性产下的均为自己的后代。这个现象在其他类群的龙虱里并不常见。

肉质特征（生/熟）
Meat quality characteristics (raw / cooked)

龙虱体内蛋白质含量非常高，脂肪含量却很少，所以营养价值很高，是一种典型的高蛋白、低脂肪、低固醇食品。龙虱也是民间传统的一种药食两用昆虫，专治小儿遗尿、老年人夜尿频多、疳积等疾病。

广东人喜欢吃龙虱。

以往人们都习惯于天然捕捉龙虱，但由于环境污染和长期滥捕滥捉，其生态环境受到了严重的破坏，野生龙虱数量逐年减少。因此，人工饲养龙虱是近年来起的一种特种动物养殖项目。龙虱味道鲜美，可炸可煎可烤，用五香调味煎烤后，松脆可口，也可做成补酒，能补肾健脾。椒盐龙虱有股椒花味儿，嚼起来脆生生的，嘎吱嘎吱响。真的会吃的，吃刺身。！！！

顺路介绍下水蟑螂的兄弟，海蟑螂，学名Ligiidae，又称海岸水虱、海蛆，是生活在高潮带的生物，冬天常躲在岩石缝里，喜欢生长在脏脏的地方。由于海蟑螂的主食为海藻类，所以沿海居民并不将其与脏脏作连结，也常将海蟑螂作为鱼饵使用。广东有许多关于海蟑螂的菜谱。

海蟑螂

根据《中华本草》中的介绍，将海蟑螂做成粉末之后，还能够治疗跌打损伤等病症。作中药内服，主要有活血解毒、消积、主跌打损伤、痈疮肿毒、小儿疳积等作用，是中国南方沿海渔民常用的本土药材。

典型做法评价 *Typical cooking practice evaluation*	🐟🐟 ▢ ▢ ▢
重量 *Weight*	🐟 ▢ ▢ ▢ ▢
鲜美程度 *Degree of delicacy*	🐟🐟 ▢ ▢ ▢
鱼刺疏密度 *Fishbone density*	▢ ▢ ▢ ▢ ▢
纤维硬度 *Meat fiber hardness*	🐟🐟🐟🐟 ▢
湿软程度 *Degree of wetness and softness*	🐟 ▢ ▢ ▢ ▢
软颗粒感 *Soft granular sensation*	🐟 ▢ ▢ ▢ ▢

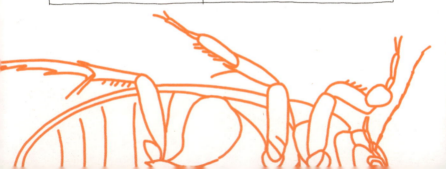

那些秘事，已潜入千年海底

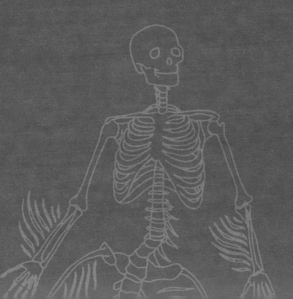

[*Mermaid*]

美人鱼

鱼以人名，手足俱全。

短尾黑肤，背鬣脊肼。

——《海错图》人鱼赞

信宗教与信美人鱼的存在是相反的两件事，
前者是"说服自己信"，
后者是"说服自己不信"。

我本来不想写美人鱼，因为太虚。主要是我拥有太多当今科研人员所不具备的庸俗爱好了，人家越写越理智，而我越写越言情，这样不好，要振作。

但我又想通了，如果对揭开未知世界充满惰性，那还是不要写作了。我至少得搞清楚"美人鱼"到底美不美！结果发现我手边有研究价值的史料里"美人鱼"从未美过，导致我现在眼睛还辣得疼。真的一言难尽！

聂璜在《海错图》里描述的人鱼有点像红毛猩猩："肉黑发黄，手足、眉目、口鼻皆具，阴阳亦与男女同。唯背有翅，红色，后有短尾与胼指，与人稍异尔。"他们不能说话，只会笑。

人能欣赏丑，说明还没那么庸俗。蔡澜老师教育得好，"学谈恋爱，就要丑也得吃"，那就让我们默默闭上眼睛。

人鱼传说：
东西方"美人鱼观"的差异

　　人们总是倾向于"想信"的事，所以我从来没有想过会存在鱼头人身的美人鱼。我国宋代《祖异记》中就对美人鱼的形态作了详细描述——宋太宗时，有一个叫查道的人出使高丽，见海面上有一妇人出现："红裳双袒，髻发纷乱，腮后微露红鬣。命扶于水中，拜手感恋而没，乃人鱼也。"听起来和聂璜的描述基本一致。

　　因为曾经被网上各种"钢丝肋骨""猴鱼拼接"的人造"美人鱼遗骸"打过预防针，每逢这样的传说，我的内心都能保持冷静。但很多生动的历史，让我继续自愿落入人鱼传说的浪花之中，不想学游泳。古人认为水生动物是生命的主要源头，所以聂璜觉得广东的海鳇鱼能变成火鸠也无可厚非——有变到一半的，就出现"鸟首而鱼身，或鸟身而鱼首者"。想象一下，这种合理性出现在人鱼身上，一点也不牵强。

　　东方对美人鱼的解读倾向于纪实性生物学的调性，尽管我们被情所困时还会使用"遍体鳞伤"这样的人鱼口吻，但我们的老祖宗一作起描述，都是想当科学家的样子——"人面手足鱼身在海中"，这是中国人心中人鱼的形象，与西方人鱼形象完全不同。

　　我知道的比较近的人鱼原型是卢亭，又称为卢馀，是传说中一种半人半鱼的生物，居于大奚山（今大屿山岛、香港岛和珠海万山等岛屿的合称），据说是卢循之后，曾在公元399年至411年引发了长达11年的战乱，战败后"余党奔入海岛野居，惟食蚝蛎，垒壳为墙壁"——他们吃的就是中国最好吃的"沙井蚝"。卢亭鱼人擅长捕鱼，有时候还会去拿鱼换鸡。

西方的美人鱼则被演绎成各种神奇故事，浪漫多了。我曾忍不住看了眼Bloody Daughter，那是钢琴家玛塔·阿格里奇（Martha Argerich）的纪录片。阿格里齐说她弹拉威尔（Maurice Ravel）的作品Scarbo时怀着孕，她弹琴时需要情绪带着那种超自然的魔力，这样琴键上才能出现"Scarbo"那种感觉。Scarbo不同于美人鱼，指的是侏儒、恶魔，西方人喜欢叫美人鱼为Ondine，水中仙。人鱼在人们心中有善恶之分。

其实，西方最早的美人鱼故事可以追溯到史前时代，美人鱼原型是恶魔的化身：塞壬。海妖塞壬在我们熟悉的"特洛伊木马"的故事里特别抢镜。塞壬就是理想中典型的西方美人鱼形态：上半身是金发美女，下半身是彩色鱼尾。她的歌声能使人迷失心智，最后被吞噬丧命。听起来，塞壬是Scarbo与Ondine的混合体。

而且，西方原始美人鱼，恶的成分会多一些。希腊先哲甚至提出：海妖即娼妓。连《圣经》中的诺亚方舟也遭到塞壬的攻击。希腊诗人荷马在史诗《奥德赛》中这样写道："你首先遇见海妖塞壬，她们迷惑所有接近的人，谁要是头脑发热不加防范，去听她们的歌，谁就再也回不了家，妻儿就再不能相见。因为海妖用清亮的嗓音迷惑他们，她们坐在草地上，四周堆满白骨，肉都烂光了……"

东西方有个美人鱼历史交叉点——《后汉书·西域传》记载，东汉和帝永元九年（公元97年）都护班超遣甘英使大秦（指罗马帝国，有时也指罗马帝国统治下的地中海东部），进行外交活动。"抵条支。临大海欲度，而安息西界船人谓英曰：'海水广大，往来者逢善风，三月乃得度。若遇迟风，亦有二岁者，故入海者皆赍三岁粮。海中善使人思土恋慕，数有死亡者。'英闻之乃止。""海中善"指的就是美人鱼。

水手们船上那些事：
海员迷美人鱼，难道是馋人家的脑子？！

我不小心知道了大航海时代一段野史。"大航海时代"对应的英文是Age of Discovery。公元1405年，郑和出海，一边与疾病、暴风雨及海盗搏斗，一边率领海员先后到达苏门答腊、满剌加、锡兰、古里等国家。历经两年时光，于公元1407年回国。

郑和下西洋带的是一群50多岁的农妇，也是船上日常后勤力量。古人生活条件差，50岁的妇女已十分苍老。因古人视月经为污物，不祥，易招惹海神，且僧多粥少易有矛盾，因此郑和是绝不允许年轻女人陪同上船的。

那时候水手只有男的，能想象每天那些"臭烘烘"见到"脏兮兮"的情形——没有人比在海上度日如年又生死未卜的水手，更渴望美人鱼的了。但我不知道他们有没有遇见异族"美人鱼"，真希望曾见过。

《洽闻记》对美人鱼的描述和西方传说相似："海人鱼，东海有之，大者长五六尺，状如人，眉目、口鼻、手爪、头皆为美丽女子，无不具足。皮肉白如玉，无鳞，有细毛，五色轻软，长一二寸。发如马尾，长五六尺。阴形与丈夫女子无异，临海鳏寡多取得，养之于池沼。交合之际，与人无异，亦不伤人。"——虽然我年纪还小，但我突然明白了什么。

一些生物学家认为，传说中的美人鱼可能是一种名叫"儒艮"的水生动物（目前是珍稀动物），儒艮和海牛是近亲，但与海牛圆形尾鳍不同，儒艮的尾鳍近似于海豚的Y型尾，突出嘴外的长牙则近似其远亲大象。那可是海员们最爱的动物之一！我以自己的肤浅拼命理解，水手那时候看个馒头都觉得像胸……更何况是个活物！海牛是有胸部的，像人的拳头那么大，位于胸部鳍肢下，与人的乳房位置相似。

我当然可以理解水手们对儒艮、海豹的"视觉偏差"，毕竟人类碰见蠢萌野兽都能称为美女。20世纪70年代初，在我国南海曾多次发现"美人鱼"，后来专家辟谣那是儒艮哺乳幼子时，母体的头和胸部露出水面，避免幼仔吸吮时呛水的样子。

不过，儒艮如果真是海员的灵魂伴侣，那海员的心理素质得多过硬才能驾驭！儒艮时常在水中翻滚求爱，而且力大过牛。雄儒艮求偶时会发出阵阵奇妙而和谐的声音，与鲸类喧闹的信号声很相似，与美人鱼传说里的描述很一致了。但儒艮长得丑不说，皮肤还肥厚而多皱，跟大象类似。在冰冷的海水中浸泡一段时间后，儒艮体表会变为灰白色。因为它们是海陆两栖，上岸后血管膨胀，体表则呈现出棕红色。受惊吓后，儒艮会立即发出公牛似的吼声，将同伴唤醒，或用獠牙碰醒身旁的其他个体，并依次传递临危警报。我怀疑再强壮的水手对上它们也是"实力不允许"的。

至于中间发生的一切，我不想知道，也不愿意知道了。

百无聊赖的船上生活，让船员们的左右手都没闲着，手巧的那些纷纷成为"瓶中船"艺术家——微型船模就起源自欧洲的远航水手间——"瓶中船"的主体结构大多选材自儒艮、海象和鲸鱼等海生动物的骨骼和牙齿……细思，极恐。

扛起"美人鱼"的重任：
看破不说破的海陆两栖花花世界

"鱼龙混杂"这个词，我觉得简直就是在描述"美人鱼"假说。一般认为美人鱼的生物原型是儒艮或海牛，但在中国历史上，蛇、鳗、娃娃鱼……都被当过美人鱼。《山海经》对人鱼状态的生物更是兴致勃勃。

我们只能选择意会，要么海员品位独特，要么海面生活凄苦，毕竟谁也不知道真相。

《山海经·大荒西经》有氐人国（传说中的国名），百姓全是人面鱼身，是炎帝后裔。书里面还有些描述看起来像是在形容山椒鱼、大鲵（娃娃鱼）、鲶鱼之类的水中生物——长得像人，全身披覆鳞片，感觉上比较接近人和动物的混合体。我对娃娃鱼（据说古人是不敢吃的）的描述感兴趣——后人评价"文字平实可靠，全无怪诞虚妄之笔"的《广志》是这样记述的："鲵鱼声如小儿啼，有四足，形如鲮鲤，可以治牛，出伊水也。"据《本草纲目》记载，鲮鲤"其形肖鲤，穴陵而居，故曰鲮鲤，而俗称为穿山甲"。但是娃娃鱼是没有鳞片的，也许是不同物种……

令人咋舌！简直是一片海陆两栖的花花世界。

不过鳗鱼型的假设，让我又找到东西方的一个交集。早在2300多年前，巴比伦史学家巴罗索斯在《古代历史》书中就有关于美人鱼的记载，但没有图文并茂的理性描述。摄影师琪琪给我发来《鱼虾蟹》（*Poissons, Ecrevisses et Crabes*）一书，这本书初版发行于西方古典主义盛行的1719年，据说是已知最早的彩色海洋生物图鉴。

《鱼虾蟹》主要收录了来自印度洋—西太平洋的热带物种，一共有460幅手绘彩图，包含415条鱼、41只甲壳动物、2只竹节虫、1只儒艮、1条美人鱼……这些绘画来自艺术家塞缪尔·法洛斯（Samuel Fallours）。

其中记载了印度尼西亚安汶岛上一条被捕获的美人鱼——它有59英寸长（约1.5米长），和鳗鱼一样的比例，在岸上生活了四天零七小时，偶尔发出像老鼠一样的小小哭声。捕获者虽然给它提供了小鱼、软体动物和螃蟹，但它还是不吃东西。据说，在它饿死后，人们将其前鳍和背鳍抬起，它的上半身看起来就是一个正常女人——书中指出，美人鱼的存在是"相当肯定的"。

聂璜也画了美人鱼，如果也是出于想象，我只能说浪荡的艺术家们真的都一样。《鱼虾蟹》这本书的作者是路易斯·雷纳德（Louis Renard），他是英国皇室的间谍，接受安妮女王、乔治一世和乔治二世的雇佣。现在国际上认定这是人类历史上第一本海洋绘本著作。

但其实，聂璜早在康熙三十七年夏（1698年）就完成了《海错图》这部中国古代的海底总动员，但他是私藏的，从未想过要献宝。直到雍正四年（1726年）《海错图》才出现于江湖，在没有公开传播的情况下，由太监自民间收集后带入宫中，被雍正、乾隆、嘉庆、宣统等先后收藏。

"实用主义"的美人鱼：
珍珠、长明灯、治病、长生不老了解一下！

中国古代的"美人鱼"并不好看，但真的内秀！我国古人将美人鱼称为泉先或者鲛人——鲛人外表人头鱼身，长着四只脚，分成黑鳞鲛人、南海鲛人两种；前者丑，后者少鳞，稍好看。

秦代传说鲛人哭泣的时候，眼泪会化为珍珠。其织水而成的鲛绡，入水不湿。而"万年长明烛"据记载是用黑鳞鲛人做出来的。

《史记卷六·秦始皇本纪》中有一段写的就是秦始皇从即位开始就修建陵墓的盛况——在巴寡妇清的帮助下，秦朝奴隶从朱砂中提纯出大量的水银灌输于墓中，形成江河湖海，任由秦始皇铜棺在其上漂荡，巡视自己的"壮丽河山"；另用人鱼膏做长明烛。《异物志》也佐证说："秦始皇冢中以人鱼膏为烛，即此鱼也。出东海中，今台州有之。"黑鳞鲛人全身布满油脂，其脂燃点特别低，而且只要一丁点就可燃烧好几个月而不会熄灭。

日本传说中也有一种类似"美人鱼"的妖怪，名为矶姬，上半身是人，下半身是鱼。另外，《日本书记》曾于推古天皇27年（公元619年）留下了捕获人鱼的记录，写着"像人一样的异形之物"。

这种人鱼文化其实来自中国，但在日本又多了宗教意味。现在日本能看见的"见世物小屋"展示了各种珍奇异兽的标本，连假的"美人鱼"标本据说都有辟邪作用。

矶姬身长约二十至三十米，捕食的方法相当残暴。她藏匿在常有狂风巨浪的海岸边，一有人靠近就乘浪袭击，并将人的身体从头部开始扭转。日本传说刮起暴风前容易捕到"人鱼"，但人们相信如果把入网的"人鱼"杀掉，会有厄运，所以渔夫捕到"人鱼"会放回海里。而有些渔夫则会将猴子和鱼的尸体拼接后置挂在鱼网上，据说能引来真正的"人鱼"，而这些"人鱼"上岸留下预言后会即刻死亡——预言内容多数与瘟疫相关。

13世纪上半叶日本《古今著闻集》记录了人鱼肉味道鲜美且吃了就可以长生不老的说法。在阴阳师安倍晴明生活的平安时代，有八百比丘尼误吃了人鱼肉而活了八百岁的传说。说起吃，药食同源的国人怎么能轻易放过！民国刊本《坤舆图说》记载："大东海洋产鱼名西楞，上半身如男女形，下半身则鱼尾，其骨入药用，女鱼更效止血，治一切内伤瘀损等症。"

关于人鱼的传说，几千年来，仍未止息。

以色列海法区亚姆镇2013年发生了一件震惊中外的事：有游客拍摄到一个怪异女子躺在沙滩上晒太阳，看到人后，她爬到水里消失。但专家们都来证伪，甚至辟谣那"美人鱼"可能是海象。亚姆镇决定悬赏120万美元给拍到美人鱼照片的任何人，为传言提供可靠的证据。

从此，来这个小镇偶遇"美人鱼"的游客团络绎不绝，丹麦哥本哈根市中心东北部长堤公园海的女儿铜像，还有波兰首都华沙维斯瓦河西岸的持盾美人鱼铜像，感觉都要吃醋了。

考虑到人类有见风使舵的"实用主义"劣根，这种人鱼异兽不管多可怕，都有人铤而走险，致其有灭绝之危。我不免想起丹麦作家安徒生的童话《海的女儿》中巫婆说的话："你要记住，一旦变成人类，你就永远不能变回海妖，如果你征服不了王子的心，你将永远没有灵魂，在王子娶了另一个女人后，你的心将变得粉碎，你将被海浪吞没，化为泡沫……"

人鱼的传说也是人在探索自己的过程。《漂流欲室》中，哑女无法直面痛苦，就把鱼钩扎入自己的下体。影片中的鱼钩指的是被牵引的欲望，鱼吞下鱼钩时，也是万劫不复的开始。人施下鱼钩时，应该警醒，自己也是一条鱼。

我宁愿相信美人鱼没有灵魂，像海水一样无情。愿美人鱼永远隐匿，永远在人类想象里，如虚构所构。

菜肴名称 *Dish name*	学名 *Fish's scientific name*	昵称 *Nickname*	活动水域 *Waters*
不能吃	mermaid 或 Sea-maid	人鱼、鲛人、 海牛	红海沿海、西南太 平洋群岛沿海、大西洋

东北大西洋渔场

北 冰 洋

大

23.5°N

西

0°

印 度 洋

23.5°S

洋

东南大西洋渔场

北太平洋渔场

太 平 洋

秘鲁渔场

西北大西洋渔场

大

西

洋

大范围渔场
小范围渔场

时令风味 *Seasonal flavor*	好吃部位 *Tasty part*
无 !!!	无 !!!

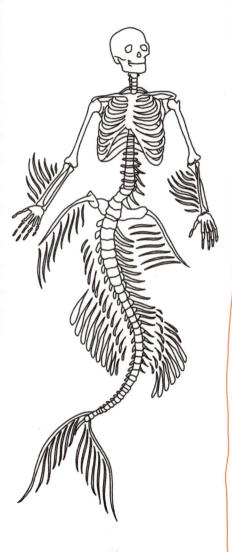

交配方式
Mating mode

传说美人鱼以腰部为界，大多数上半身是美丽的女人，下半身则是披着鳞片的漂亮鱼尾。整个身躯既富有诱惑力，又便于迅速逃遁。有雌雄公母之分，没有灵魂，像海水一样无情，既能在水底生活，也能短暂待在干燥的陆地上。很多民间传说中都提到美人鱼与人类结婚的故事。大多数情况下，男子偷走了人鱼的帽子或腰带，或是梳子和镜子。这东西被男子藏好的时候，人鱼会跟他一起生活，一旦被她找到自己的失物，她就会回到海里。传说中，一般情况下，人鱼对人类而言是很危险的。她们赠予的礼物会带来不幸，在旅途中看到人鱼是沉船的恶兆，她们有时渴望看到凡人被淹死。有的时候，她们引诱年轻人跟她们一同到水下生活。

肉质特征（生/熟）
Meat quality characteristics (raw / cooked)

上半身是人（多为女性）下半身是鱼，为美人鱼基本的形态。皮肤呈鳞状，有鳃。

做法（生/熟）
Cooking method (raw / cooked)

不能做 ？？！！

典型做法评价 *Typical cooking practice evaluation*	
重量 *Weight*	
鲜美程度 *Degree of delicacy*	
鱼刺疏密度 *Fishbone density*	
纤维硬度 *Meat fiber hardness*	
湿软程度 *Degree of wetness and softness*	
软颗粒感 *Soft granular sensation*	

变态大胖媳妇

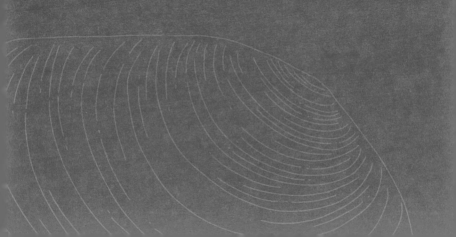

[*Anodonta woodiana*]

河蚌

蚌为珠母，月是蚌父。

奇珍瓯孕，岂曰偶然。

——《海错图》珠蚌赞

菜肴名称 *Dish name*	学名 *Fish's scientific name*	昵称 *Nickname*	活动水域 *Waters*
春笋炖河蚌、 红烧河蚌、 河蚌豆腐汤	Anodonta woodiana	河蚌、 河歪、 河蛤蜊	分布于亚洲、欧洲、北美和北非的淡水湖泊、河流

池塘中常见的双壳类，埋栖生活。

北 冰 洋

东北大西洋渔场

大

23.5°N

0.西

北太平洋渔场

23.5°S

印 度 洋

太 平 洋

西北大西洋渔场

西

洋

东南大西洋渔场

秘鲁渔场

洋

大范围渔场
小范围渔场

时令风味 *Seasonal flavor*	好吃部位 *Tasty part*
蚌的生殖季节一般在 夏季，因此端午节后河蚌比较多，也比较肥，而且肉质细嫩。	去壳后取肉，洗净鲜用。

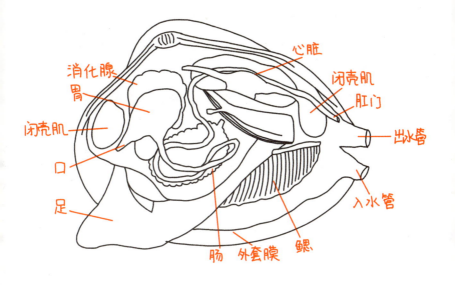

图中标注：
- 消化腺
- 胃
- 闭壳肌
- 口
- 足
- 心脏
- 闭壳肌
- 肛门
- 出水管
- 入水管
- 肠
- 外套膜
- 鳃

交配方式
Mating mode

雌蚌比同龄的雄蚌个体<u>大</u>，成熟的精子经过雄蚌输精管到鳃上腔，再随着水流从排水孔排至体外水中。含有精子的水，又顺着水流从入水孔进到雌体的鳃瓣之间。这样，精子和卵子就在雌体的鳃瓣间相遇而进行受精作用了。<u>受精的卵育成幼体，在鳃腔中越冬</u>。<u>来年春季，幼体孵出，变成幼蚌</u>，破囊离体，沉入水底生活。

肉质特征（生/熟）
Meat quality characteristics (raw / cooked)

蚌肉高蛋白低脂肪，吃起来非常脆嫩鲜香，营养成分能够很好地被身体吸收和消化。蚌肉的药用价值也非常高，其性寒，味甘咸，能滋阴平肝，清心泻火，明目防眼疾。

做法（生/熟）
Cooking method (raw / cooked)

河蚌先在清水里面养上几天，让其将杂质都吐出来，其间要多次换水。等到清水不再浑浊，就可将蚌的外壳洗干净（一定要将上面滑滑的东西洗掉），然后将河蚌沿着缝隙撬开，将蚌肉从壳上面剔下来，洗干净。再将蚌肉上面的呼吸器官剔除——蚌的呼吸器官蚌鳃在蚌肉的两边，要尽可能完整地取下来，因为这个部位是不能吃的。接下来就可以或蒸或煮或炒蚌肉了，一定要做熟做透才能吃。

	(5分) (5 points)
典型做法评价 Typical cooking practice evaluation	🐟🐟🐟 ◁ ◁
重量 Weight	🐟🐟🐟🐟 ◁
鲜美程度 Degree of delicacy	🐟🐟🐟 ◁ ◁
鱼刺疏密度 Fishbone density	◁ ◁ ◁ ◁ ◁
纤维硬度 Meat fiber hardness	🐟🐟 ◁ ◁ ◁
湿软程度 Degree of wetness and softness	🐟🐟🐟🐟 ◁
软颗粒感 Soft granular sensation	🐟🐟🐟🐟 ◁

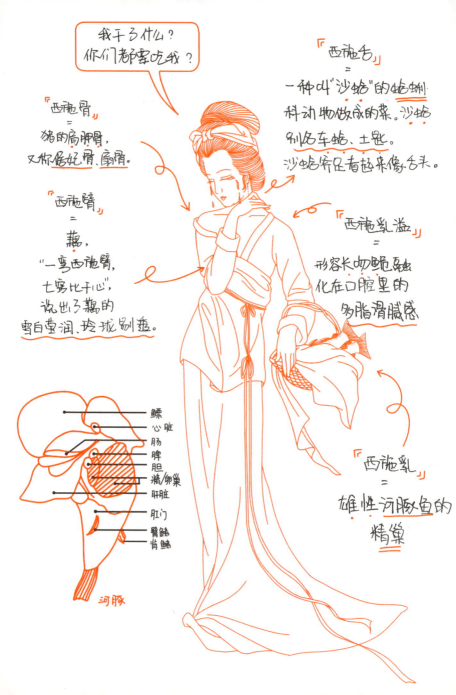

我干了什么？
你们都要吃我？

「西施舌」
=
一种叫"沙蛤"的软体
科动物做成的菜。沙蛤
别名车蛤、土匙。
沙蛤伸足看起来像舌头。

「西施骨」
=
猪的肩胛骨，
又称琵琶骨、扇骨。

「西施臂」
=
藕，
"一弯西施臂，
七窍比干心"，
说出了藕的
雪白莹润、玲珑别致。

「西施乳溢」
=
形容长吻鮠鳔
化在口腔里的
多脂滑腻感

「西施乳」
=
雄性河豚鱼的
精巢

鳔
心脏
肠
脾
胆
精/卵巢
肝脏
肛门
臀鳍
背鳍

河豚

宋·胡仔的《苕溪渔隐丛话后
集》引《诗说隽永》中的话说：
"福州岭口有螃蟹，号 ~~西施舌~~，
极甘脆。"

"粉红雪白，洄美堪录，
~~西施乳溢~~，水牛胲熟"
这就是明代文学家杨慎
对河豚的赞美。

宋·赵彦卫《云麓漫钞》卷五："河豚腹胀而斑状甚
丑，腹中有白曰讷，有所曰脂，讷最甘肥，吴人甚珍
之，目为 ~~西施乳~~。"

指代漂亮红颜色

丹顶 ~~西施颊~~，霜毛四皓须。"
出自唐代诗人杜牧的《鹤》。

聂璜：
我觉得古代"化生说"很科学啊！
鲨变虎、变鹿都可以嘛！虾化
蜻蜓、鱼化鸥鸥、瓦雀化花蛤
很正常呀~

鱼中洛丽塔

[*Collichthys niveatus*]

梅童鱼

梅头状如石首而小，肉最鲜嫩，

亦名梅鱼，头大于身，

又呼梅大头，本出四明梅山洋，故名。

或曰梅熟，鱼始来也。

——清·许惟枚《瀛海掌录·梅头》

我们永远无法用幼稚和小，

低估美。

某天和广州的朋友讨论梅童鱼，他挠头："你说的这种梅童鱼应该很小吧？"

"对啊，你知道？"

"我猜的，'微'在粤语里的读音有点像mei（梅）。"

聊了半天，我才知道那头叫梅童鱼为狮头鱼，也叫黄皮头鱼。粤语里保留了不少古语，"mei"有"小"之意，譬如源自唐代却流行于宋代的"梅瓶"，其"梅"就在"细口"上，梅瓶就是小瓶的意思。

"梅头状如石首而小，肉最鲜嫩，亦名梅鱼，头大于身，又呼梅大头，本出四明梅山洋，故名。或曰梅熟，鱼始来也。"要不是清朝许惟枚《瀛海掌录·梅头》正名，这梅童的"梅"字我估摸着最早也是说"小"呢。

在水产这个广袤族群里，小辈分通常都"小"。"狮头鱼"这个名字本身就和一种大蓬头金鱼重名，二女共侍一夫般的感觉，总之，没地位。连我心目中的厨神集团大本营顺德，也习惯为狮头鱼扑粉油炸——梅童鱼眼睛尾巴都看不见，出锅像金黄木乃伊般，如薯条类似吃法。倒也不是炸的就不好，大班楼的酥炸狮头鱼还是好吃，但能有几家这样的店呢？！我心里的仙女被糟蹋成零食的概率极高。广府人更过分，嫌弃狮头鱼小而刺多，大多是煲汤处理，"吸星大法"后，连幼嫩的鱼肉带瘫软细骨都当作药渣，一同撇去，只留一碗鲜美少女魂魄。我都信《洛丽塔》里的亨伯特知道了会发疯。

即使在宁波，梅童鱼仍被人喊成"丫鬟鱼"，"公主"自然是大黄鱼和小黄鱼之辈。听到这话，我已经按捺不住！每年早春我都习惯吃一堆杂鱼，鲳鱼、梅童、豆腐鱼、老虎鱼……假装随渔夫去赶了趟灼灼其华的小海，船头收网，船尾尝鲜。发生疫情这两年，我特别怀念日本的浊汁，那是冬天渔夫料理之美，但我在日本难得见到梅童鱼，见黄花鱼、米鱼次数倒多一些。哪怕杂鱼锅，我也是先挑梅童鱼吃——不能说是执念，简直是欲念。吃过那种鱼肉，你真的能理解"飘"这种字，只有纳博科夫笔下的那个名叫洛丽塔的小仙女才配得上！

"高贵的"黄鱼和葫芦娃家一样，有七兄弟，它们是：大黄鱼、小黄鱼、黄姑鱼、梅童鱼、鮸鱼、黄唇鱼和毛鲿鱼。在北方，黄鱼也叫黄花鱼。最让我头大的是大黄鱼与小黄鱼的区别——除了个头不同，别的都太像了！其实从产区分要简单一些——大黄鱼主要分布在南海和东海的中部以南海域；而小黄鱼主要分布在渤海、黄海、东海和朝鲜西南海岸线。也就是说，小黄鱼更偏北一些。

如果刨根究底于大黄鱼和小黄鱼的差别，我只能拿起笔：大黄鱼的尾柄细长，长度是高度的3倍；小黄鱼的尾柄短而宽，长度是高度的2倍。所谓尾柄，是一个鱼类解剖学术语，指的是鱼臀鳍基部后缘至尾鳍基部间的区域。不过细到看尾柄长度和高度的比例，我会觉得太过于考验绘画功底，有这个用铅笔比划的功夫，鱼都凉了，还不如吃完办事，数数脊椎的骨节更负责一点——大黄鱼的脊椎一般有29枚骨节，小黄鱼一般有26枚……就肉质而言，梅童这种就是一堆鱼里面的童星，天生最多长到20厘米，普遍身材短小。一看圆大头，我就不用愁弄错。

常吃到的棘头梅童鱼是石首鱼科梅童鱼属，栖息于近海、河口和港湾的低盐度水域，自然分布于中国沿海、朝鲜西海岸、日本和菲律宾。选模特和画漫画都看重特别的头身比，九头身人当然好看，但是像梅童鱼一样基本三头的比例，是过目不忘的型，特别呆萌可爱。

浙江有句歇后语"一篓梅童——都是头"。每次在吃梅童鱼的时候，面对那些大头宝宝，我都会觉得自己在吞下天使。

《洛丽塔》里那句话却帮我握紧了筷子：人性中的道德感是一种义务，而我们则必须赋予灵魂以美感。

江南有渔谚说："正月雪里梅，二月桃花鲻，三月鲳鱼熬蒜心，四月鳓鱼勿刨鳞。"还有一句俗话叫："冷水梅童赛黄鱼！"每年早春天冷时，大头梅童鱼是不进食的，所以它的内脏很干净，不需要杀鱼剖肚，只要拉出鱼鳃，抽出无用内脏即可。梅童鱼的主刺可被老练的食家轻易挑出，余下的直接送入口中。

我不要干净，那妖精，每年花谢梅雨时，是最肥嫩的。我不想讨论37岁的亨伯特爱上12岁的洛丽塔是否不伦，毕竟年代也不同。古巴比伦王刻在黑色玄武岩上的汉谟拉比法典（主要是婚姻法），是公元前1700多年颁布的。巧合的是，同样在1700多年前，梅童的名字就已被记载《临海水土异物志》里："石首小者名蹋水，即梅鱼也，头大于身，人呼为梅大头。"以前的人寿命短，"婚姻法"里默认的婚育年龄相比现代人提早很多也情有可原。论肉质，幼齿"梅童鱼"可比小媳妇性感多了。

梅童鱼在梅雨季节洄游产卵繁殖，被捕捞上来时那种求爱的"咕咕""嘎嘎"声，相比黄鱼要奶声奶气得多。与其吃养殖黄鱼，不如来一盘透骨鲜的梅童鱼，那吃起来的柔嫩脂香更让人怜惜。

梅童鱼其实很好做，产量又多。常吃的棘头梅童鱼在山东荣成，江苏南通、启东，上海芦潮港，浙江温州、宁波，福建福州，广东广州等地都有分布。梅童鱼比小黄鱼等含水量更高，怎么吃都嫩。即使我妈妈这种不精厨艺的人，梅童鱼也大方提供了一个拿手菜给她——蒸梅童鱼的做法真的很简单：与酱油、猪油、黄酒和几片姜一起蒸10分钟即可。轻轻一拨弄，蒜瓣状的白皙鱼肉裸露出来，整条放在嘴里，轻抿抽出，只剩细骨一条。惬意！

梅童鱼与黄鱼都属于石首科鱼属，最大的特征是耳石发达，黄鱼脑中就有两颗鱼石。但梅童鱼我倒是从来没看见过。我还问了好几个朋友，他们的统一回复都是：啊？没见过梅童鱼脑子里有石头啊？！那语气，感觉是我脑子里有石头。

耳石这事情我还特别考证了下，耳石（Otolith, ear stone）是生物矿化作用所形成的碳酸钙结晶，能起到传达声波和保持鱼体平衡的作用。耳石会根据日夜光的影响产生日周轮，根据季节变化产生年轮。由于耳石是与身体一起长大的，也是判断鱼类年龄和生活环境的科学研究媒介。

我们通常见到的梅童鱼体长多在10厘米左右，耳石直径都在一两毫米，和沙子差不多，感受不到是正常的。

《海错图》中明确记载石首鱼"头中二石"。聂璜这个浪漫主义者说，野凫（鸭）脑子里也有石头，是石首鱼变的，我不信。但他说，石首鱼的石头磨服或烧灰后服用可以治疗泌尿系统结石，我是略信的。聂璜很少提及水产的药用，除非是"龙虱"之流，因为人们会严重质疑"为什么长那么恶心还要吃"，他就会苦口婆心地说"鸭食之则不卵，故能化痰"。聂璜这个赤脚医生还强调说石首鱼来自春天，属于生发的食物，鲞干则"主消宿食开胃"，这逻辑完美解释了我吃梅鱼干配白米粥，越吃越饿的原因。这条，我决定全信！

梅童看起来乖巧又无知，时常用金色的丰腴引诱我，幼嫩的肉质给我满足。我甚至觉得《洛丽塔》里那句经典表白呼之欲出："我爱你，我是个怪物，但我爱你。我卑鄙无耻、蛮横残忍，等等等等。但我爱你，我爱你！"我不怕承认，在黄鱼家族中，我就是一个恋童癖！

不过"重名"这件事在鱼族中实在太普遍——还有一种鲤科的梅白鱼，产区是安徽省滁州市定远县池河镇至明光市的池河中，江湖上也叫"梅鱼"，它还有不少别称：鲌鱼、梅鲌鱼、翘嘴白，当地也叫明光梅鱼、贡鱼等等。那鱼用肉眼就挺好分辨的——瘦长，嘴唇上翘，尺寸小的经常做鱼干，相比梅童鱼，有一点土腥味，但也鲜美。只是我在查资料的时候，搜索引擎根本不懂吃货的心，基本都是乱放梅鱼图的。

找王勇大师讨论做法，他一句话解开千千结，"好吃就行"。肉质极细嫩的梅童鱼做法多，就像少女不施粉黛都好看，而且完全不在意是唐突还是潮流，哪怕彩发配涩谷混搭，或是来个奶奶复古，这张"白纸"都可以随意绘制。

影星周星驰回祖籍宁波省亲，厨师烧的一道"酸菜梅鱼"，是经典中的经典。但直到吃上王勇大师的鲜椒过水鲜梅童，我才意识到原来经典可以一直迭代。鲜辣恰到好处地衬托出梅童香气，却又完全不抢氨基酸带来的自然清鲜，美妙！千里寻它千百度，这回有正中靶心的感觉。

嫩也可以是复杂的，那种迷人质感，又让我想起梅童鱼。好吃的东西，要趁现在，真爱就不怕沦为回忆。

连休渔期的梅童鱼，在我心里也是《洛丽塔》那句，"看不见你时，你分外美丽"。

菜肴名称 *Dish name*	学名 *Fish's scientific name*	昵称 *Nickname*	活动水域 *Waters*
清蒸梅童鱼、 酒蒸梅童鱼、 雪菜梅童鱼	Collichthys niveatus	梅因、 梅子鱼、 蒙头	黑鳃梅童鱼主要分布在渤海，棘头梅童鱼主要分布在黄海和东海。

东北大西洋渔场

北　冰　洋

大

23.5°N
0.西
23.5°S

洋

印　度　洋

北太平洋渔场

太　　平　　洋

秘鲁渔场

西北大西洋渔场

西

洋

东南大西洋渔场

大范围渔场
小范围渔场

时令风味 *Seasonal flavor*	好吃部位 *Tasty part*
梅童鱼因在梅雨季节洄游产卵繁殖而得名，每年的4—6月和9—10月为渔汛旺季。	全身

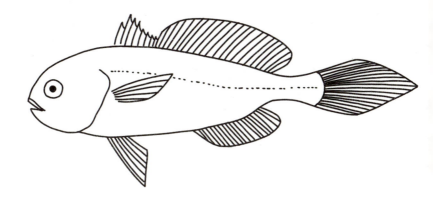

　　梅童鱼属于石首鱼科，它们不仅会喋喋不休地发出叫声，还能在夜间发光。发出的叫声能刺激鱼群达到兴奋状态，促进交配产卵，繁衍后代。

肉质特征（生/熟）
Meat quality characteristics (raw / cooked)

梅童鱼肉嫩刺软，肉味极鲜。有俗语说："冷水梅童赛黄鱼"，就是说新鲜的梅童鱼甚至比冰冻过的黄鱼味道更好。

做法（生/熟）
Cooking method (raw / cooked)

除清蒸、红烧、干炸外，还可加工成鱼糜、制作鱼肉馅或鱼丸子等。刚起捕不久的梅童鱼，眼睛晶亮，鱼鳞鲜艳，加绍兴黄酒、姜丝，再撒点盐，用以清蒸，起锅时撒些葱末，肉质之细嫩，吃到嘴里好像马上会化掉，味道也极为鲜爽。

典型做法评价 *Typical cooking practice evaluation*	🐟🐟🐟🐟🐟
重量 *Weight*	🐟🐟🐟🐟🐟
鲜美程度 *Degree of delicacy*	🐟🐟🐟🐟🐟
鱼刺疏密度 *Fishbone density*	🐟🐟🐟🐟🐟
纤维硬度 *Meat fiber hardness*	🐟🐟🐟🐟🐟
湿软程度 *Degree of wetness and softness*	🐟🐟🐟🐟🐟
软颗粒感 *Soft granular sensation*	🐟🐟🐟🐟🐟

跟莫扎特一样，有恋污癖？！

[*Sinonovacula constricta*]

蛏

两神施足，一笱当胸。

亜神撑筋，胡为泥中。

——《海错图》闽中泥蛏赞

莫扎特给情人写信，

"我把尿流在你嘴里，

你还会爱我吗？"

我觉得莫扎特问得还是虚伪。至少小时候我看大人吃蛏子会真诚发问：蛏子肚子里那团是大便吗？

大人们通常一愣，语塞，微微涨红脸，发现自己确实一时想不出合适的词掩饰尴尬，但又觉得漠视我的弱小无知并不妨碍伟大，少顷，他们脸上的便秘重新通畅，自顾自把眼前鼓胀黑肚腩的蛏子吃下去了。那时候，我才明白代沟能有多深，马里亚纳海沟能有多浅！

深浅不重要，代沟随骨骺线闭合，我终于学会了只意会不言传的"大人心法"。品自己独一份的好味，最好忘掉旁人的眼光。记住，"少一分理解，就少一分分享"有时候是好事！所以我吃完臭豆腐、臭菜梗、臭冬瓜，仍然一张"无碍脸"，仿佛从未吃过，大可以再来一盘。我连吃到美食家陈立老师家臭到哑口惨叫的臭鸭蛋，甚至沈宏非沈爷一言难尽的童子尿蛋，都能默念"美味如同真理，总是掌握在少数人手中"而淡定自若。

万物有灵且美，生命的宽度在于摆脱狭隘认知，特别是当我日渐发现自己和朋友们爱吃的不少水产，都是"有淫秽癖不是罪"的佐证，譬如鲻鱼、小龙虾、蛏子……

我想强调下，看过蛏子"吃饭"的，都会觉得莫扎特其实是小儿科。蛏子尾部有一个斧足，就餐时蛏子会奋力用"斧足"蹬沙，利用两边壳与斧足的共同支撑，从潮间带的沙地上支棱起来，然后迅速钻到沙里，露出三分之一美人腿般的双水管，泥沙就从消化道吸收进来。"美人腿"的足底有孔，两腿微微一舒展，就喷涌出滚滚黑水，让人甚为吃惊！蛏子是被动性滤食的，"腿"就是嘴。它们对食物的种类没有严格的要求，但对食物的大小和形状却有一定的机械选择，这和大部分肤浅的人类差不多。利用这双会喷水的"美腿"，蛏子还能短距离游泳，可以说是一机多能了。

若莫扎特那时候吃上蛏，我打赌他会喜欢，至少蛏子的鲜无可比拟，而且他不会对蛏子的那团"米田共"过于在意。

想起小时候，妈妈带我去买蛏子，总喜欢挑满身污泥的那些，最好是饱满而干的，而不是事先浸泡好的。回到家里，她会先为蛏子沐浴一遍，清理表面污泥；然后取一把盐，溶解在放了清水的盆子里，盆底垫一把筷子，放上蛏子，再滴几滴素油在水面上。两三个小时后盆底就有泥沙了，吐好沙的蛏子再用淡盐水洗几遍，把污泥彻底洗净就可以了。我妈说，在盆底垫筷子这一步很关键，会让蛏子搜肠刮肚那样干净，不遭我嫌。

新荣记的张勇称自己为荣叔，他说："选蛏时要看壳，鹅黄饱满有光泽者为佳；还要捏一下蛏肚，结实弹滑的一定很鲜甜。蛏舌则要洁白如玉，用手轻碰就'唆'一下紧闭。"回想起来，我吃到的新荣记蛏子，都是饱满肥大的蛏王，而且必须在开餐前两三小时才开始用盐水浸泡，这样活蛏才能只吐沙不吸水。只要蛏子选对，洗蛏方法也对，不管是福建传统放葱酒隔水炖的插蛏，还是市面上流行的盐烤蛏子，都好吃。

蛏子在闽南语里读音类似"摊"，在台州话和瓯语里读音类似"青"——我知道的独字的人名都厉害，譬如炎和黄。蛏子这种古老的水生动物，至今已有约6亿年历史，宋代学者所著的《风俗篇》最早有其记载——"近则采螺蚌蛏蛤蛎之属，以自赡给或载往他郡为商贾"。说明在千年以前，蛏已成为家喻户晓的海产品，人们早已对它的习性了如指掌。

看着蛏子一次次美人出浴，一道鲜美入魂的闽式苦瓜汤出落得清清净净。我对蛏子维持二十年的生理性拒绝也一步步溃败，最终在餐桌上无底线治好了。美的东西真坏，总是让人软弱。

2017年4月初油菜花开的时候，我在浙南台州偶遇过江南唯一一季的蛏子采收，而福建的蛏子每年是收两季的。国内的蛏子主要是缢蛏、竹蛏，养殖在蛏田里的通常是缢蛏。

大竹蛏是海边打洞高手，生活在滩涂的中、下区和浅海的泥沙滩底上，穴居，栖息深度大约30到60厘米，冬天比夏天要深一些。它的洞穴与地面约呈70到80度角，方便支棱时候滑入。国内渔民常在潮水退后，用铁锹铲去上层沙子，找出蛏子洞穴。有经验的蛏农会用瓶子往洞里倒些盐，这时蛏子马上会伸出"腿"——那场景诱人！毕竟花样游泳的美人们无非也是这样打招呼的——几秒钟内，眼疾手快的渔民就能捕捉到移动极为迅速的蛏子。有力气的中年妇女一般充当短途运输工人，把壳子完整的肥蛏子挑好，放到车上，好运到市场上售卖。

在一家做宁波小海鲜的宝藏店"隐秀轩海鲜餐厅"里，我生平第一次吃到"沙蛏"——和我们平常吃过的蛏子完全不同——壳呈玉白色，上面长着类似河豚受惊时突出的细刺，肉身是茨菰状，到嘴里饱满浑圆，有撒尿牛丸的势，却是柔的，鲜美到口水直流。

聂璜的"荔枝蛏"明显是鹅颈藤壶与蛏子的杂糅体，还不如眼前这沙蛏的姿色能达意。聂璜是真敢写啊！《竹筒蛏赞》里赫然一句"蛏长三寸形肖竹筒，玉筋一条藏于其中"，让人不敢多想！

我最喜欢清明时节宁波长街的桃花蛏子（缢蛏特殊时节的称谓），鲜嫩得如人面桃花。荣叔说长街蛏子并非只只都好，且是有严格等级划分的。无风浪而水流，淤泥细密无沙，才能繁育出蛏王。

农民告诉我，一般来说冬天、夏天、清明节期间的蛏子品质好。新蛏七八月最肥；放养时间超过一年的蛏子被称为旧蛏或者两年蛏，体长较长，三四月间最肥。新蛏嫩，盐水煮最能体现其鲜美，老蛏则做铁板蛏子最适合。蛏子在秋天白露到寒露这段时间最不好吃。

蛏子为雌雄异体，也就是说分公母。蛏子确实长得比较中性，在非繁殖季节，雌雄在外观上难以区分。性成熟时，雌性卵巢呈淡黄色至淡粉色，雄性精巢则为乳白色。蛏子在洞穴中的生活极有个性，喜欢倒立，夫妻还是分房睡的——一个洞穴内不会同时出现两只蛏子。通常幼蛏（稚贝）的移动能力较强。在正常情况下，成龄蛏不会离开自己的洞穴而转移到别处生活，一辈子就一个家。

春天繁殖期的蛏子与任何食材配几乎都能明显增加整体鲜度。2021年早春疫后出关，我吃到"蛏子才露尖尖角"丸子，是苏州W中餐主厨张利做的，别有一番感动。我以为蛏肉是唯一明星，谁知道里面藏着白米虾、银鱼、白条鱼等"太湖三白"，而高汤里的猪油香则把丝瓜和荠菜伺候得服服帖帖。当然，蛏子的鲜功不可没！

最上品的年轻蛏子，简单水煮就有少女般微甜的味道。蛏子还能制成蛏干，经过煮熟、去壳、清洗、晒干等复杂工序，留下发酵后风韵犹存的气息，而且越咀嚼越香醇！《红楼梦》里曾写到过蛏干——在贾府的年货单里，有鹿筋二十斤、海参五十斤等一干年货，另有"蛏干二十斤"，这在当时属于彰显显赫家世的食材。我在福建莆田方园吃过红菇蛏子干汤，煲好后撒一把沙岗米粉下去就是美不胜收的一顿！

老外吃蛏子，不管多肥，都是抽筋扒皮的，其实就是吃一层皮囊——对蛏子的清洗彻底到只剩外皮，壳、内脏全没了，沙子无处遁形！这让非秽物爱好者极度舒适，但风味也少了许多。所以在高级餐厅，一般这样的蛏子会做成浓口，比如杭州西子湖四季酒店金沙厅的熟醉蛏子，酒香四溢中一股咸鲜辣，一颗就让人铭记，这就是成功的调味！

此外，最让我记忆犹新的是2019年在哥本哈根米其林三星餐厅Geranium尝到的拉斯姆斯·克福德（Rasmus Kofoed）主厨的成名作，"蛏壳"是小麦粉做的，花纹是海藻与木炭做的颜料画的，内馅是蛏子丁奶油酱，简直是一杆可以吃的"艺术蛏"。这"蛏子"可以一口一颗连壳吃，内馅的蛏子丁奶油酱里融汇了龙蒿、西芹和柠檬调味，醇厚层次里是优雅清香。

其实，国外吃的蛏子和我们不同，主要是北美太平洋沿岸的荚蛏。它们不栖息于固定的洞穴，而是生活在不断受海浪冲刷的海滩流沙中，最大可以长到7英寸，寿命达到5年。但是在寒冷的阿拉斯加，这蛏可以长到12英寸，寿命长达11年。它们和国内竹蛏是近亲。

美国冬夏两季都有蛏子节。12月左右，赶海的人潮人海不约而同在华盛顿州长滩聚集起来参加蛏子节。5月美国也有很盛大的蛏子节，人们会带着各种高级装备，譬如特制的蛏子铲子或者蛏子枪，去搜捕蛏子——以呼吸孔为中心插下去，沙子会被蛏子枪带出来，蛏子就混在沙子中间。挖蛏和钓鱼不同，钓鱼趁涨潮，而落潮蛏才出。韩国人有一种方法，将高浓度盐水灌进沙滩上蛏的呼吸孔中，蛏子就会往外喷水，然后自己钻出来。这跟我们放盐属于异曲同工！

我今天还在想念11年前错过的那场华盛顿长滩市蛏子节之约，时间过得真快，居然过几天又可以约了（虽然还是去不了）。

和中国有经验的老农一样，一般"福尔摩斯"抓蛏子是通过寻找蛏子美腿留下的呼吸孔实现的！蛏子一般像潜水艇一样藏匿在沙子里，两个水管与滩面上的海水保持联系，没动静时伸展，吸进食物和新鲜海水，排出废物和污水。有动静时，它们警惕地藏好，沙子上只有两个孔。我知道，那么机敏，是为了逃避恋物癖！

每年兴致勃勃的人群中，不乏用传统中国烧法吃荚蛏的，大快朵颐关键部位时，会有略大的"噗嗤"声，那快感恐怕只有清晨拿起一刀手纸冲去厕所同时打开莫扎特的音乐，可媲美。

菜肴名称 Dish name	学名 Fish's scientific name	昵称 Nickname	活动水域 Waters
三丝拌蛏、葱油蛏子、盐焗蛏子	Sinonovacula constricta	圣子、小人仙	世界各地, 生活在近岸的海水里, 也可人工养殖。

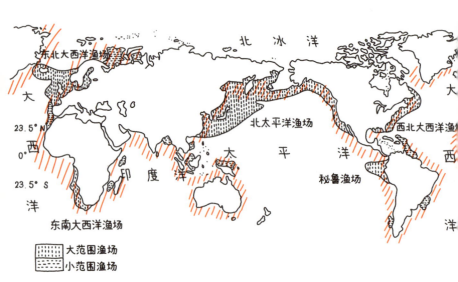

北 冰 洋

东北大西洋渔场

大

23.5°N

西

0°

23.5°S

洋

北太平洋渔场

印 度 洋

太 平 洋

西北大西洋渔场

大

西

秘鲁渔场

洋

东南大西洋渔场

大范围渔场

小范围渔场

时令风味 Seasonal flavor	好吃部位 Tasty part
蛏子可以分为一年蛏和两年蛏, 其中一年蛏也称为新蛏, 指的是蛏苗在一年之内放养长大, 体长大多为4厘米左右。每年的7—8月是其它成最佳的时期, 也是挖蛏子的旺季。将蛏子继续放养到第二年就成为了两年蛏, 两年蛏又称为旧蛏, 体长在7厘米左右, 每年的3—4月其肉质最为肥美, 且口感也最鲜美。	壳内的蛏肉

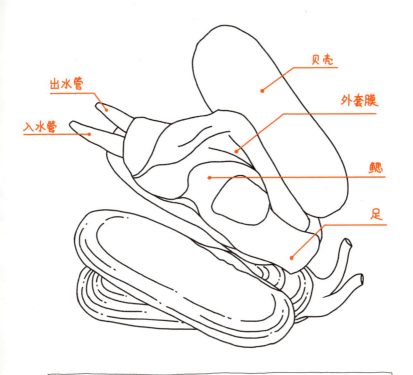

出水管

入水管

贝壳

外套膜

鳃

足

交配方式
Mating mode

蛭子雌雄异体，一年性成熟，性比近于1:1。外观上难以
区分雌雄，性成熟时，精巢稍带黄色，卵巢则为乳白色。成
熟的亲贝受到外界环境变化的刺激，会引起精卵排放。
卵子在水中受精发育，经过一段时间的浮游生活，成熟
变态，再经短暂的附着生活后，转入埋栖生活。
蛭子冬季不长，春季开始生长，夏季生长最快，秋季渐慢。

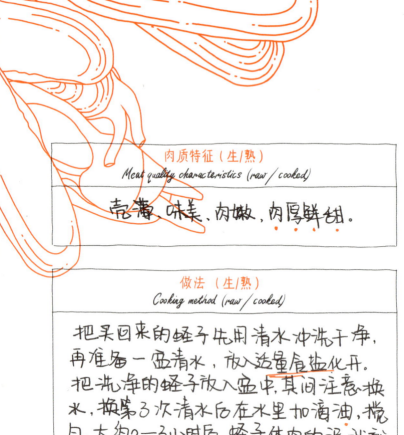

肉质特征（生/熟）
Meat quality characteristics (raw / cooked)

壳薄、味美、肉嫩，肉厚鲜甜。

做法（生/熟）
Cooking method (raw / cooked)

把买回来的蛏子先用清水冲洗干净，
再准备一盆清水，放入适量食盐化开。
把洗净的蛏子放入盆中，其间注意换
水，换第3次清水后在水里加油油，搅
匀。大约2—3小时后，蛏子体内的泥沙就
会被吐干净了。

捞出吐尽泥沙的蛏子，用淡盐水反复搓
洗几遍，将壳上的脏东西洗净，控干水
分即可用来制作菜肴。盐水姜丝煮，或者
爆炒、盐烤、葱油等都可以。蛏子肉可鲜
食，也可加工制成蛏干、蛏油等。

（5分） (5 points)

典型做法评价 *Typical cooking practice evaluation*	🐟🐟🐟🐟🐟
重量 *Weight*	🐟🐟🐟🐟🐟
鲜美程度 *Degree of delicacy*	🐟🐟🐟🐟🐟
鱼刺疏密度 *Fishbone density*	🐟🐟🐟🐟🐟
纤维硬度 *Meat fiber hardness*	🐟🐟🐟🐟🐟
湿软程度 *Degree of wetness and softness*	🐟🐟🐟🐟🐟
软颗粒感 *Soft granular sensation*	🐟🐟🐟🐟🐟

一触即发的爱

[*Viviparidae*]

田 螺

蜗角争名异，蛾眉争态无。
自怜田野质，谁复问泥涂。

——明末清初·彭孙贻《田螺》

菜肴名称 Dish name	学名 Fish's scientific name	昵称 Nickname	活动水域 Waters
酱爆田螺、田螺鸡煲、肉垫田螺	Viviparidae	螺坨	我国各地的淡水湖泊、水库、稻田、池塘内繁

时令风味 Seasonal flavor	好吃部位 Tasty part
夏季 是吃田螺的季节	外壳内的 软体部分

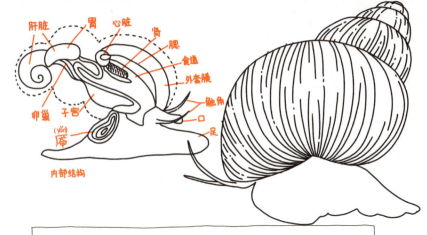

肝脏　胃　心脏
　　　　　　肾
　　　　　　肺
　　　　　　食道
　　　　　　外套膜
　　　　　　触角
卵巢　子宫　口
　(雄)　　　足
　精
内部结构

交配方式
Mating mode

田螺为雌雄异体，雌性个体一般要比雄性大。
雄性生殖器官由精巢、输精管和阴茎组成。
精巢位于外套腔的左侧，生殖腺包被在右
　触手内，生殖孔开口于右触手的顶端。
　雌性的生殖器官由卵巢、输卵管和子宫组成。
　田螺为卵胎生，胚胎发育、仔螺孕育都在体内进行，
　故子宫特别大。生殖季节，雌螺子宫内含有很多不同发育
　时期的仔螺。一般情况下，田螺的雌雄性较难辨
　别，只有在它爬行伸出触角时才能区分。通常，右触
　角向内弯曲的是雄性螺，其弯曲部分是雄性生殖器。
　每年5—10月为田螺的繁殖季节，尤以6、7月为盛。
　繁殖最适水温为20℃—26℃。田螺是分次产仔的动物，
　通常情况下，每只雌螺年产仔30—40粒。刚产出的
　仔螺壳软、白色，此时较易被其他动物吃掉，随
　着壳体的生长，螺壳逐渐变硬，颜色变深。

母

公

肉质特征（生/熟）
Meat quality characteristics (raw / cooked)

螺肉口感弹韧、鲜美、营养丰富。

做法（生/熟）
Cooking method (raw / cooked)

煮食或炒食皆可，也可加工成东煮螺肉。做田螺最复杂的一步就是清洗，要把田螺放在清水中静养两到三天。在盆内滴上几滴豆油，这样做是为了使其吐每泥沙，食用的时候才没有泥土味。其间需换几次水，然后反复搓洗田螺，把上面光滑的黏液搓掉。田螺静养之后再用剪刀剪去尾部，有时间的话可以多养两天，这时还会有些泥土吐出来。去菜场挑选时，尽量挑小的，因为大田螺的尾巴里会有小田螺，就是"将"，影响口感。

田螺和螺蛳的区别：

田螺分布于世界各地，每一胎有好几十个。螺蛳每一胎只有3~7个，有右旋的螺旋贝壳，贝壳上生长着旋转的肋纹，肋纹的形状随种类有所差异，只产于我国西南高原云南省的几个湖泊里。

（5分）（5 points）

典型做法评价 *Typical cooking practice evaluation*	🐟🐟🐟🐠🐠
重量 *Weight*	🐟🐠🐠🐠🐠
鲜美程度 *Degree of delicacy*	🐟🐟🐠🐠🐠
鱼刺疏密度 *Fishbone density*	🐠🐠🐠🐠🐠
纤维硬度 *Meat fiber hardness*	🐟🐟🐟🐠🐠
湿软程度 *Degree of wetness and softness*	🐟🐟🐟🐠🐠
软颗粒感 *Soft granular sensation*	🐟🐟🐠🐠🐠

鲳鱼不娼

[*Pampus argenteus*]

鲳鱼

态娇骨软，鱼比于娼。
啖者不鲠，温柔之乡。

——《海错图》鲳鱼赞

有那么一种鱼，

让人一见就嫉妒到嘴软心硬。

谁让它全身都是美的原罪——

"尾如燕翦，骨软肉白，味美于诸鱼"，

非认鲳成娼才解恨！

水是鱼之媒，就像春风吹过蒲公英那多毛的种子，随深情种到另一片土地上。如果没有水的轻抚，引来窃窃私欲，哪来鲳鱼下一代！这流言蜚语是李时珍老爷子在《本草纲目》中传的："昌，美也，以味名。鱼游于水，群鱼随之，食其涎沫，有类于娼，故名。"

我回味了"涎沫"，心想原来还有"群鱼舔食口水"的禁忌桥段被我忽略，罪过！

但事实是这样的，每到五月，水温稳定到20℃以上时，白鲳鱼食欲增大，在开始恋爱的季节，小瓜虫病（也称白点病）也开始肆虐，鲳鱼身上会长一些小白点，使鱼体表面分泌大量黏液，并在寄生部位形成孢囊（要是不慎长在眼睛上，鲳鱼就失明了）。鲳鱼这时候会急躁不安，集群围绕池边游动，不断和其他物体摩擦或跳出水面。最终，鱼消瘦发黑，鳃丝充血，呼吸困难而死。这跟李老爷子的描述十分相似。

古代做皮肉生意的女人被老祖宗称为"娼"。而把鱼叫成"鲳"，是比喻这鱼爱招蜂引蝶又个性奔放，常常吸引其他鱼跟随、舔食它的口水，好似娼妓身后追随着一群嫖客。由"娼"到"鲳"，字变，音却不变，传闻戏谑至今。这事简直媲美清末冤案"杨乃武与小白菜"！小白菜真名毕秀姑，杭州余杭人，只因为她喜欢穿绿色衣服，系白色围裙，人又清秀，街坊就叫她小白菜。她嫁的丈夫像《水浒传》里的武大，而她又俊俏如潘金莲，街坊改叫她毕"金莲"，遭遇像极了鲳鱼。

明末清初的聂璜见李老爷子发话了，在《海错图》中居然也忍心说："鱼以鲳名，以其性善淫，好与群鱼为牡，故味美，有似乎娼，制字从昌。"我见状心疼得不行。

小时候在外婆家吃饭，她都会特别准备白鲳（银鲳）。浅盘里放一条，事先用盐抹过，缀薄姜葱段三两，略滴黄酒，隔水蒸十分钟。出品银镜子一样的，仿佛一上桌就是为了照我。

鲳鱼肉柔嫩少刺，上颚一抿，糯得像厚米糊，泛鲥鱼清香——这一点外婆至少比我早知道了三十年。外婆老是边剥着鱼肉往我碗里送，边用土话喊我"囡囡，喫鲳扁鱼"。我一直不明白，外婆为什么要歧视人家"扁"，后来长大一点才知道，也许是因为爱，也许翻译成普通话是"车片鱼"。我记事一些，就刁嘴要求"香煎"，银鲳鱼体型侧扁，与平底锅天生契合，简直为了香煎而生。我喜欢原来柔、嫩、糯的口感再加一层脆。

"楼上"主厨擅长的鱼菜中，熟客们最记得干煎鲳鱼。沈厨选择的都是1斤半到2斤的鲳鱼，看起来是很小的一条，但里面都是门道。"肉的肥厚和造型要考虑，另外春夏要选白鲳，秋冬要选东海的乌鲳。白鲳相对个头小，而乌鲳大。白鲳季节短，阴历三四月时最好；乌鲳选择余地广，韩国和我国东海都产，而且进来时是冰鲜的而不是冷冻的。"

这道干煎鲳鱼的做法似乎也不麻烦："鱼先用盐水泡，再晾起来，用冷风去吹，把鱼身吹干，让肉质紧实，再抹一层薄薄的生粉，保证表皮脆且水分不流失，最后下大的油锅煎炸即可。"

我认识杭州当地的渔业大佬余军强，他住在余杭，初中毕业就下海了。我笑说人家是拿"下海"作比喻，而他是真下海。在他的经验里，"小网捕捞的鱼贵，特别是白鲳，肉薄嫩。明显长鳞的'白鲳'肉质厚但粗糙，而'细磷'的白鲳，价格贵一半左右"。其实江浙市面上约定俗成叫白鲳的分成两种，一种是银鲳，一种是圆白鲳。银鲳是正经鲳科，卵圆形，更扁，鳞细小易落，看上去更像鱼皮，身体有大面积波状条纹沿侧线向后延伸。圆白鲳身如其名，周身膨大圆润，鱼鳞明显。此外，还有一种淡水白鲳，学名短盖巨脂鲤。

鲳鱼有太多方言名字——在南方叫白鲳，到华北叫平鱼，入东北叫镜鱼，甚至有叫"狗瞌睡鱼"的，不过这么不雅的名字，却是一种褒奖，因银鲳丰腴，只有一条直刺，人们食用时很少会吐鱼骨，结果趴在一旁的狗等得都困了。

鲳鱼是极蠢的，遇到鱼网捕捞，只知拼命往网眼里钻，把身体搓得遍体鳞伤也不知撤退。待到鱼网围拢，只能尽数落网。在我国东海渔区，还流传着这样的谚语，"鳓鱼好进勿进，鲳鱼好退勿退"，形容那些不听忠言而自取其咎的人。

即使伊是个蠢尤物，对我来说，现在吃上一顿儿时记忆中的尚好的味道也越来越奢侈。余老板说鲳鱼按捕捞来源分联网和大网的。联网就是拖网、小网，船小网小，只能在近海捕捞，回来速度快。小网鲳鱼亮且漂亮，鱼好的原因很简单：一是小网捕的，鱼内脏损伤小；二是回来快，鱼新鲜。大网的鱼，因为船大，需要去外海捕捞，捕回来的鱼就多，也杂，像多宝鱼、比目鱼、虾、蟹都有，得从网里翻出鲳鱼才行。况且，市场流通没有这么快。要想鱼皮泛银光，就非得清蒸小网银鲳不可。想在最好的季节里吃上好鲳鱼，赶紧问余老板。

我爱吃的糟骨头蒸白鲳鱼和鲳鱼烧菜脯头，全是宁式的。"鲳鱼产量以浙江象山、舟山、台州这三个地区最大，质量最好的出于宁波象山。鲳鱼品质和价格双高的时候在一二月，那时也正好上市，三四月则是价格相对便宜的好时节。这时候鲳鱼有籽，是最有油性的时候，口味也好。另外，六到七两半的鲳鱼口感最好，小了肉质薄又少，太大会木。五月到九月则是禁渔期，再要吃好鲳鱼得等明年。"

"瘦幼白"的白鲳口感丰富又淡雅，浓郁度是支撑不起重度烹调的，"样貌"也经不起"大网"磨砺，总之娇气。"这就好像甲鱼，一斤重的甲鱼要清蒸才好，不能过度烹饪。上市的旺季，小网鲳鱼半斤以上的每斤要120—130块，过年在300块左右。大网捕捞的鲳鱼半斤以上是每斤65块左右，捕捞方式不同价格相差一半。"余老板接着说。

古人说鲳鱼生性淫荡，喜欢结群而游，卿卿我我，磨磨蹭蹭。我想了想，好像很少有鱼不是这种恋爱习性。不过我们日常见到的很多"鲳鱼"并不是真的鲳。譬如海钓者熟悉的"鸡鲳"又叫斑点鸡笼鲳，方方的，浑身布满点点，属于帘鲷科（又叫白鲳科）。还有一种也是长黑色斑点的，身材呈弧线形，较为修长，又叫阿根廷斑点鲳鱼，学名是巴西真鲳。所以人家是鲷是鲳都傻傻分不清楚，最好别义愤填膺一股脑都叫"鲳"。

如果非要我把同宗同源的血统找出来，按狭义说法鲳鱼只能是鲈形目鲳科鲳属。该属鱼丁不旺，分别是银鲳、中国鲳、灰鲳、镰鲳、镜鲳。至于我们国内的文武昌鱼，完全不是这个范畴。武昌鱼属鳊鱼的一种，也叫团头鲂。而看起来很像没眼小银鱼的文昌鱼，属于头索动物亚门鳃口科，没有脊椎骨，不属于鱼类。

银鲳在电商上也能买到，但东海银鲳不少是和灰鲳掺着卖的，也算是潜规则了。银鲳、镰鲳都是真正的鲳鱼，一般来说镰鲳体形较银鲳瘦长，体长也较短。星斑真鲳至少也是鲳科鱼类，和这三种相比，"金鲳"属于假冒伪劣，其大名是布氏鲳鲹，和鲳鱼同目不同科，因体形略似鲳鱼，还有鱼鳍淡黄色而得名"金鲳"。金鲳的肉质远逊银鲳，价格通常是银鲳的三分之一。难得"金不如银"！

鲳科鱼类体形看起来相似度极高，鳞片容易脱落也会造成体色难以分辨，就算是专业的海洋动物专家仅靠外形也难以辨别，很多论文只能用基因测序的方法来精细判定。

多数食客的态度反而更"娼"一些，好吃就行！

菜肴名称 *Dish name*	学名 *Fish's scientific name*	昵称 *Nickname*	活动水域 *Waters*
清蒸鲳鱼、 红烧鲳鱼、 鲳鱼年糕。	Pampus argenteus	鲳鳊鱼、 平鱼、 镜鱼	主要分布于中国、 日本中部、朝鲜 和印度东部沿海。

时令风味 *Seasonal flavor*	好吃部位 *Tasty part*
春夏之交最肥季， 俗话说"三鲳四鳓"， 农历三月正是鲳鱼 最鲜美的时候。	全身

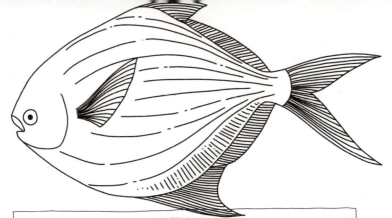

鲳鱼有季节性洄游现象，生殖期在5—6月。雌鱼比雄鱼大且腹部膨大，臀鳍前端呈尖形，鲜红色；雄鱼臀鳍前端钝圆，色泽浅。雌雄亲鱼配对后，2—3天内可发情产卵，受精卵经两天后可以孵出仔鱼。秋后南下进行越冬洄游。

家常可以清蒸、红烧、干烧，
也可以加入雪菜等调味。鳓鱼
煎后放在米饭上焖，做出的
鳓鱼饭喷香，鳓鱼烧年糕也
是近年来很受欢迎的做法。

鳞鳓

从外观上区分鳞鳓和眼鳓很难，别说
仅凭照片，实物摆在面前也不太好办，
需要一些细节来鉴别，最好还是在活鲜
的状态下。笼统地说，眼鳓个头比较长，
成体可达50cm，市面上一般最大的在30cm
左右；而鳞鳓要小得多，体形也比眼鳓窄
窄。灰鳓和眼鳓，长期被当作同物异名，
似更难分辨，灰鳓的白鱼色。

中国鳓

最好分辨的是中国鳓，又名斗鳓、鹰
鳓。活鳞状态下的中国鳓，体色
灰暗，偏大黑粗，远不如眼鳓清新俊
朗。此鱼体形几近菱形，和其他鳓鱼
的卵圆形明显不同；而且个头硕大肉厚，
是当之无愧的"鳓中之王"。此鱼产于中
国南方海域。

眼鳓

典型的鳓鱼外形，又扁。体态呈椭圆
身体有大面积波状条纹沿侧线向后
伸。臀鳍前方鳍条长，可达尾柄末端，
背部呈灰黑色，腹面呈灰白色，各鳍呈
灰黑色。分布于印度洋和太平洋，我国
只产于东海，尤以广东沿海产量较多。
个身体呈侧扁卵圆，头小，内脏部分
占比例很小，出肉率相当高。注意一点
鳓鱼本身是有鳞的，鳞片呈眼白色，很
小且极易脱落。残存鳞片的多寡，
和新鲜度密切相关。当然，寻常人等几
不可能看到鳓鱼的鳞，鱼贩子早就把
刷干净了，这样卖相好一些。按照过去
的资料，眼鳓在黄、渤海亦有分布，
现在市场生物学的观点认为，台海以
无眼鳓。据业内人士说，青岛市面的眼
鳓以进口货为主，来自印尼的较多。

（5分） (5 points)

典型做法评价 *Typical cooking practice evaluation*	🐟🐟🐟🐟⚬
重量 *Weight*	🐟🐟🐟⚬⚬
鲜美程度 *Degree of delicacy*	🐟🐟🐟🐟🐟
鱼刺疏密度 *Fishbone density*	🐟🐟⚬⚬⚬
纤维硬度 *Meat fiber hardness*	🐟🐟🐟⚬⚬
湿软程度 *Degree of wetness and softness*	🐟🐟🐟🐟⚬
软颗粒感 *Soft granular sensation*	🐟🐟🐟⚬⚬

一夫多妻制的彩色夫君

[*Pagrus major*]

鲷鱼

蛎称海镜，螺作手中。

鱼中器皿，更有铜盆。

——《海错图》铜盆鱼赞

菜肴名称 Dish name	学名 Fish's scientific name	昵称 Nickname	活动水域 Waters
鲷鱼刺身、 鲷鱼饭	Pagrus major	加吉鱼、 红加吉、 铜盆鱼	印度洋北部沿岸至太平洋中部，包括中国、印度尼西亚、日本、韩国、菲律宾海域。

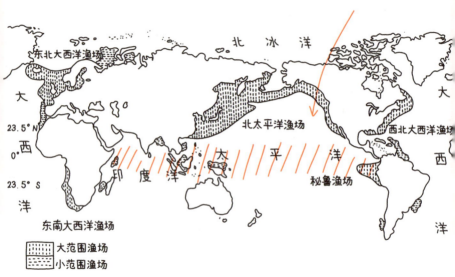

时令风味 Seasonal flavor	好吃部位 Tasty part
春季的鲷鱼被称为樱花鲷，是全年之中最为肥美的时期。	全身

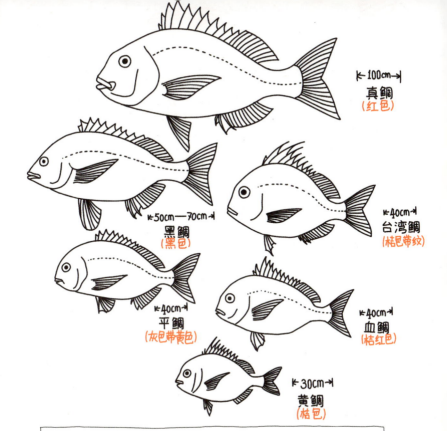

100cm
真鯛
(红色)

50cm—70cm
黑鯛
(黑色)

40cm
台湾鯛
(桔色带纹)

40cm
平鯛
(灰色带黄色)

40cm
血鯛
(桔红色)

30cm
黄鯛
(桔色)

交配方式

Mating mode

鯛鱼实行"一夫多妻制"。它们一般以一二十条组成一个大家庭，由一条雄鱼为"一家之主"，其余的都是它的妻子。鯛鱼还有可能会由雌变雄，雄鯛鱼身上长着鲜艳的色彩，这种色彩在水下发出特殊的信号。一旦雄鱼的光色消失，身体最强壮的雌鱼神经系统首先受到影响，随即在它的体内分泌出大量的雄性激素，使卵巢消失，精巢长成，鳍也跟着变大了，就变成一条雄鱼。真鯛繁殖季节在中国南北方差异很大，在厦门海区，产卵期是在10月下旬至12月下旬，广东沿岸为11月底至翌年2月上旬，黄海、渤海产的真鯛繁殖季节为5—7月。

肉质特征（生/熟）
Meat quality characteristics (raw / cooked)

鲷鱼肉白嫩透红，刺身鲜甜弹牙，熟吃肉嫩味美，为名贵食用鱼。除供食用外，肉及鳔可作药用。肉：甘、平，补肾益气、治血养血。鳔：清热、消炎。

做法（生/熟）
Cooking method (raw / cooked)

活鲷鱼可做刺身，剖开洗净后，薄切片即可摆盘美如画，去鳞手法够快的话，上桌时候鱼头到尾还会动。鲷鱼头尾可煮汤，下米饭做成泡饭。刺身也可做成寿司或鲷鱼饭，鱼肉的其他做法还有盐烤、天妇罗，或做成鲷鱼鱼干。

（5分）(5 points)

典型做法评价 *Typical cooking practice evaluation*	🐟🐟🐟🐟 🐟
重量 *Weight*	🐟🐟🐟 🐟 🐟
鲜美程度 *Degree of delicacy*	🐟🐟🐟🐟 🐟
鱼刺疏密度 *Fishbone density*	🐟🐟 🐟 🐟 🐟
纤维硬度 *Meat fiber hardness*	🐟🐟🐟🐟 🐟
湿软程度 *Degree of wetness and softness*	🐟🐟🐟 🐟 🐟
软颗粒感 *Soft granular sensation*	🐟🐟🐟 🐟 🐟

上环是为了助孕

[*Dasyatis akajei*]

虹鱼

银海碧盘，浮沉徜徉。

似鳖敛足，只嫌尾长。

——《海错图》魟鱼赞

菜肴名称 *Dish name*	学名 *Fish's scientific name*	昵称 *Nickname*	活动水域 *Waters*
清蒸魟鱼、 红烧魟鱼	Dasyatis akajei	魔鬼鱼 草帽鱼 蒲扇鱼	广布于所有大洋, 浅海,淡水也有。

北 冰 洋

东北大西洋渔场

大

23.5°N

西

印 度 洋

23.5°S

洋

东南大西洋渔场

北太平洋渔场

太 平 洋

西北大西洋渔场

西

洋

秘鲁渔场

大范围渔场

小范围渔场

时令风味 *Seasonal flavor*	好吃部位 *Tasty part*
喜清流激水,常居住于底质为泥沙的深雾中。多在夜间活动。母鱼有护仔现象,常同时被网捕到。	鱼肉和肝,尾刺有毒不可食用,在吃的时候注意把尾巴剪掉。魟鱼体型中间部分的骨头较硬,但使劲咬还是可以咬动的,两侧部分一般是最好吃的。

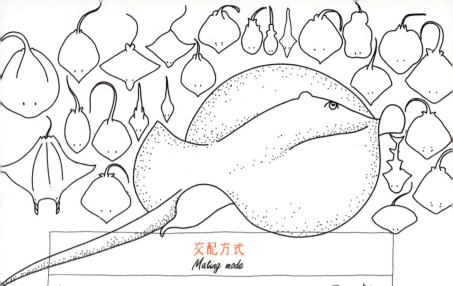

交配方式
Mating mode

春季交配，秋季产仔，卵胎生。雄性有两个用于繁殖的鳍环，在内环受精过程中，扣环把精子从雄性输送到雌性。当虹进入繁殖季节时，雄性牙齿开始形成细长的尖状突起，向嘴角弯曲。这使得雄性在交配时能够保持对雌性的控制。在求偶过程中，雄性紧跟雌性，咬它的身体和鳍。然后用牙齿抓住雌性的胸鳍以帮助交配。

魔鬼鱼肝是我吃过最奇特的食材，味道非常鲜美，入口有一种白灣感。我不是湛江人，却和湛江美食有不解之缘，在任南都首席记者时，就策划了湛江的美食拍摄项目，随后离开体制自己拍美食纪录片时又和陈晓卿老师一起去了湛江，就是这一次我吃到了鲜美的魔鬼鱼肝。现在我协助轩尼诗做"重新发现中国味"策划，也自告奋勇把湛江美食狠狠推荐了一把！需要和环保主义者说明的是，魔鬼鱼并不是保护动物蝠鲼，虽然两者长得有点像。！！！

肉质特征（生/熟）
Meat quality characteristics (raw / cooked)

其肉味尚佳，肌嫩而不腥，皮厚实，含丰富的胶质，水发后烹制成"大扒鱼皮"，味道鲜美，是席上的珍品。

做法（生/熟）
Cooking method (raw / cooked)

除内脏和尾巴，也去掉嘴的硬部分后，加葱姜料酒蒸制成加酱料红烧。整个炖的时候，需剖腹取出内脏，去掉尾巴和嘴。

鲨类和鳐类，开始发育时要依靠卵黄营养，待卵黄耗尽时，便通过卵黄囊与输卵管下部的所谓子宫（内壁生有许多绒毛）发生联系，接受来自母体的营养，表现出与哺乳类胎生相似的状态。此外在体内受精方面，有的在产卵前已于母体内进行了一定程度的发育物种（如鳐类），也可称为广义的卵胎生。

鲨：有尾鳍或背鳍、尾部粗大，部分种类貌似鳐鱼。
区别在于鲨的鳃位于下部。

鳐：有尾鳍或胸鳍，尾部细长，部分种类尾部有毒刺。

鳐：绝大多数种类无尾鳍和背鳍，尾部细长有毒刺。

典型做法评价 *Typical cooking practice evaluation*	🐟 🐟 🐟 ◁ ◁
重量 *Weight*	🐟 🐟 🐟 ◁ ◁
鲜美程度 *Degree of delicacy*	🐟 🐟 🐟 ◁ ◁
鱼刺疏密度 *Fishbone density*	🐟 🐟 ◁ ◁ ◁
纤维硬度 *Meat fiber hardness*	🐟 🐟 🐟 ◁ ◁
湿软程度 *Degree of wetness and softness*	🐟 🐟 🐟 🐟 ◁
软颗粒感 *Soft granular sensation*	🐟 🐟 🐟 ◁ ◁

那么软，凭什么做硬菜？

[*Abalone*]

鲍鱼

肉与壳两可用，
方家宜审用之，
然宜治目。

——宋·寇宗奭《本草衍义》

别侥幸，

时间饶过谁？

叶芝说的"爱你的灵魂和布满皱纹的面容"，

我环顾四周，

确凿发生在我爱的鲍鱼身上。

在真实人类社会的男女关系里，"年纪"这个话题微妙，即使女权主义者坦荡荡，对比还是会紧张。我曾做过一个梦，梦境里的故事来自一段著名野史：八国联军的一个军官横冲直撞，跑去慈禧的空凤床上睡一觉，走之前还在床上刻下："Voglio violentare l'imperatrice Vedova Cixi."（我想睡慈禧。）醒来时，我赶紧检查了下床单，发现还好，没吓尿。

母鲍鱼如果通人性，人家一定没年龄焦虑。熟龄的好吃，因为溏心鲍醇厚浓香；妙龄的好吃，因为打薄片甘甜脆爽。之前我在玉芝兰餐厅兰桂钧师傅那儿吃到过一道干吉品鲍做的溏心鲍，肉香和鹅肝的脂香味道交叉一勾勒，我顺势给"肉食者鄙"这个词画了个大叉，沉迷这无底线肉香。

鲍鱼比我们想象得要"纯洁"。弗洛伊德有经验，曾说人类所有的精神疾病本质上来自性焦虑；佛家"万恶淫为首"的见解估计也是殊途同归的意思。我是见过鲍鱼体外受精的，精子喷出来像干冰一样壮观，遇到卵子后就算交合使命完成，相敬如宾到像一个化学实验。鲍鱼的产卵期随种类和所在地区而变化，卵子受精后变态发育，经过浮游的担轮幼虫阶段和面盘幼虫阶段，最后沉于海底变态成幼鲍。一年后贝壳大体长达2—3厘米，两年后大的可达4—5厘米。鲍鱼长得极慢，有八到十年的烂漫青少年期，壳长10厘米以上的鲍鱼大约要长六七年，等终于成年了，却也不必交配。总之，"巨婴"被海洋妈妈硬拉扯长大，不容易。

螺类从外表看不出雌雄，必须看它的生殖腺才能判定。鲍鱼白瞎有个"鱼"字，其实是一种壳边有孔的螺类，属于海八珍之一。在中国北方分布的盘大鲍壳边有4—5个孔，南方分布的杂色鲍有7—9个孔。在我国古代，沿海的人们给鲍鱼起小名叫"九孔螺"，起大名叫鳆鱼。掀开鲍鱼盖子，里面有半个胖胖的月牙，民间起名叫"鲍鱼肝"，其实是鲍鱼的生殖腺。

我喜欢那种浓郁的鲍鱼荷尔蒙带来的"鲍汁"味，夹杂着藻类的深海诱惑。在山东青岛，皱纹盘鲍一般在夏秋两季繁殖，在这种季节，鲍鱼生殖腺鼓胀，雌性的呈浓绿色，而雄性的呈奶黄色。"鲍鱼肝"几乎可以说是鲍鱼身上的野性"味精",喜欢做酱的大厨视之为神物。雄"鲍鱼肝"若按照西班牙的方式直接拿黄油煎来吃,我就觉得是在吃"白子"了。海藻让雌性卵子有些发绿,也染绿了《大长今》里面的鲍鱼内脏粥。正常的日式"鲍鱼肝"是要用清酒、酱油和细冰糖一起煮的。难忘2019年我在日本东京名店鮨M吃的鲍鱼汤——北海道吃昆布长大的鲍鱼切3毫米薄片,蘸酱是鲍鱼肝与海苔做的,激发完整鲍鱼原鲜。

我在杭州曼殊日料吃过北海道蝾螺与鲍鱼肝酱,做茶碗蒸蛋的点睛很不错。荷尔蒙伟大,某种意义上说,也控制着鲍鱼的餐桌生命。

我们常听的"如入鲍鱼之肆,久而不闻其臭"(出自《孔子家语·六本》)说的其实是咸鱼,也就是"鲏"。"鲍"在古汉语中与"鲏"同意,后期才慢慢不再混用。鲍鱼可是好东西,入馔已经有2000年历史了,古籍里说西汉枭雄王莽事将败,愁得吃不下饭,唯饮酒啖鲍鱼。一般好吃的能消愁,我信,但治眼瞎,我不太信。《本草衍义》里说鲍鱼"肉与壳两可用,方家宜审用之,然皆治目"。鲍鱼壳在现代中药药典里叫石决明,平肝明目。我没有吃过,但我猜也许和鼻子管里的眼药水味道类似。

"鲍参翅肚"里说的鲍通常指干鲍，那是有历史原因的。古代沿海各地官员朝圣时，大都进献干鲍鱼作为贡物，一品官吏进贡一头鲍，七品官吏进贡七头鲍，以此类推，鲍鱼大小与官吏职位的高低挂钩。鲍鱼等级按"头"数计，即每司马斤（周代就有的单位，现常见于香港计算黄金珠宝用，1司马斤≈598.846克）含几头鲍鱼。头数越少说明鲍鱼越大、价钱越贵（这里的鲍鱼必须是干鲍）。一斤重的鲍鱼做成干鲍鱼也就是一两二两。但行家告诉我，鲍鱼也不是越大越好。

高级干鲍价值堪比古董

新加坡潮州发记的老板李长豪被誉为"鲍鱼大王"，蔡澜很推崇。他的干鲍处理过程比谈恋爱还复杂，要洗、浸泡盐水、冷热水反复冲、盐煮、炭火烘、日光晒再轮换阴干，至少折腾一个月。干鲍烹饪时则需要经过繁复的泡发工序，再用高汤长时间煨煮，让鲍肉从坚韧到中心渐渐软化，鲜味也慢慢渗入，这就是所谓的"溏心鲍"。澳大利亚鲍鱼溏心明显，而南非鲍鱼软糯，其他各个产区的鲍鱼风味也不尽相同。

跟岭南人聊起鲍鱼，那一定是干鲍。家餐食社的创始人李宇晖（晖哥，绰号辉太郎）是从小吃鲍鱼长大的广州人，"物以稀为贵，像2头、1.5头比较稀有，当然贵。比如吉品鲍，8头了不起了。南非鲍鱼品质不差，也大，国内普通餐厅做大鲍鱼时一般用它。而墨西哥鲍鱼个体虽大却便宜"。他说干鲍鱼的传统工艺做得最好的要数日本，常见的分网鲍、吉品鲍、禾麻鲍等，不过他也觉得李长豪料理的鲍鱼出品是他吃过的味觉体验上最出色的，完全表达了干鲍鱼的价值之美。"鲜鲍鱼味道比较单一，就是鲜味。干鲍鱼有层次一些，发酵之后的味道，更能压住其他浓郁食材的味道。国内干鲍用得比较多的是吉品鲍，个头稍大，而且肉质软滑，香味突出，整体味道偏向复合型。"

晖哥补充说，干鲍鱼泡前要懂得挑，得厚实，形状漂亮也很重要，捏下去还要柔软，这样才能进行第二步：文火慢慢熬。鲍鱼的味道是"借"的，配伍的好材料得足，时间得够，才能"借"好。对餐厅来说，应找同一批次大小质感都相近的鲍鱼，这样泡发的时间都一样，出品也一致。这与日本水谷八郎先生的理念一致。

日本千叶县是著名的水产县，当地人用洞穴储藏野捕的海鲜。鲍鱼的名优品种网鲍原来以千叶最为有名，但由于近年的海水污染，改以日本青森县所产的质量最佳。吉品鲍，又名吉滨鲍，现在市面上用得很广，在我国山东青岛、海南和台湾都有出产，但公认以日本岩手县所产的最为出色。水谷八郎先生说，好的鲍鱼最好不要做刺身，因为新鲜的鲍鱼脆口弹牙，但吃不出品质优劣，在他说来就是浪费。

日料名店鮨水谷是有一锅"鲍鱼老汤"的。"鮨"与古代的"鲍"一样，也是腌鱼的意思，后来才引申为"寿司"。我在那里知道了神秘的"鲍鱼熟成"法：流水清洗干净的鲍鱼放进清酒与水里烹煮至少三小时，其间水谷八郎先生需要一直撇浮沫，直到清汤发白，鲍鱼就在汤汁里冷却，以便让鲜物回归鲍鱼本身；之后鲍鱼会在汤汁里浸泡数天（不过每一天他都会把新汤汁和新鲍鱼加进去，这样每天会有相同数量的鲍鱼，也就有相对同质量的汤汁）。鲍鱼的整个"熟成"过程，在22℃的室温内循环完成。这就类似雪莉酒的索莱拉（Solera）系统，酒通过熟化后柔顺又悠长。搭配真正带着酵香的原汁鲍鱼，欧洲人用红酒，日本人用清酒，中国沿海一带则用加饭酒。

兰桂钧师傅做的吊晒本色原味吉品鲍，用的是20头干鲍。他也同意日本海域出产的鲍鱼做干鲍最好。兰师傅干鲍鱼习惯用小的，最大才16头。我拍《神一样的餐桌》时本想和他谈谈鲍鱼的溏心，但兰师傅泼冷水说上世纪三四十年代还可以谈，现在就不行了。"最早的溏心是用90摄氏度水煮，煮到核心区域到达60摄氏度时捞起来放在那里，之后就会形成软心。现在一般不会这样做了，以前定下的标准，在这个时代的实践中改变了，现在要煮到核心区域温度再高一些。市面上的成品普遍比真正的溏心鲍鱼要稍微硬一些。"我心想，这像意大利米在国内煮到半生，可能会被投诉"饭不熟"是一样的道理。鲍鱼心太软，也会被不少食客骂太生。

中国人切鲍鱼特别有讲究，划一刀是平分秋色，划两刀是四季发财，再划一刀就是六六大顺。兰师傅的鲍鱼切开就见功力——中间颜色深，边上浅，软糯弹牙，带有豆豉香。兰师傅煮鲍鱼的高汤，用的是两年以上的好鸭子熬的，他借了鲍鱼的广东做法，用淮扬菜方式调味，再以四川人的理解，最终形成他自己的菜式。

不过，我也喜欢鲜鲍鱼。印象特别深的是好友"食材猎人"紫铃（"银滩鲍鱼与银锅"老板）有一天特地准备的25年塔斯马尼亚大鲜鲍，只烫8秒就脆弹了，佐以新西兰蓝边鲍，清鲜浓白汤上桌。锅底用青城山优质的山泉水，搭配山谷里一年零两个月以上谷物饲养的老母鸡以及干贝、有机猪大骨和鲫鱼，低温慢火煲足8小时以上，太清鲜了！这与广州人煲干鲍鱼的理念一致——鲍鱼的鲜，必须用三种以上材料来提。

紫铃研究鲜鲍鱼20年——"我要去深挖有关鲍鱼的一切，大连鲍、福建鲍、南日岛的鲍鱼我都去看过，还去过全世界很多产鲍鱼的地方。"

与她一样，我去南日岛参与国产鲍鱼的捕捞，才知道鲍鱼很挑食，是严格的素食主义者，择好水而居，只吃海藻和海草，不进小鱼虾。即使是养殖，网也投在水面90米下，接近纯粹的野生海洋环境。她心疼地说，好多鲍农腰都是弯的，生活环境很差，一家人围着一口破烂的锅生活，舍不得吃鲍鱼，因为一家人的生计就仰赖这片鲍田。

这就让紫铃有了更精细化去处理鲍鱼的决心。我身边不少大厨在处理鲜鲍鱼的时候，会把裙边通通剪掉，因为那里有海藻和泥沙附着，不用鬃刷悉心洗尽，容易发腥；鲍鱼嘴巴与食管也不会费力去挑。紫铃却把这些宝留下来，她发现新鲜鲍鱼的不同部位适合做不同烹饪：鲍鱼的裙边适合做热菜，鲍鱼血收集起来可做汤羹，鲜鲍鱼核心部位，她教我用高汤做"技术冲浪"——"根据你的喜好先在碗底加葱花、胡椒、一点点盐，再把鲍鱼薄片放碗里，浇三次滚汤，完全淹没鲍鱼片，有盖子的话捂一分钟开吃，这叫冲浪鲍鱼，口感鲜甜脆嫩，入口化！如果平时涮火锅的话，8秒就可以，也好吃。"

鲜鲍鱼也有不同质感。"记得去看塔斯马尼亚翡翠鲍时，发现这个地方自然风光太美，海水干净到无法想象，但半天都捞不出一只鲍鱼，所以看到客人浪费我就很心疼。为黑金鲍鱼，我去了新西兰。去南非孔雀岛，则惊叹真的有孔雀蓝色的鲍鱼。天然的五颜六色鲍鱼的好美。"紫玲个人最喜欢翡翠鲍鱼："那是最好吃的品种，带壳两斤半以上，肉质纤维很细，咬下去脆嫩。相对差一点的是黑金鲍，绵软，鲜度不够，但性价比高一些，产量也大。香港人大多喜欢白色壳的南非珍珠鲍，口感细腻，鲜度应是鲍鱼之最吧。"

我喜欢用清鸡汤做冲浪的"浪"，再加一点点紫铃指点的虾夷葱。考究的话就用鲍鱼产地国乃至当地的水来煮鸡汤，虾夷葱与胡椒不可或缺，再加葛根粉、海盐、葱白。鲍鱼不吸味，但薄片能瞬间留味，关键还在于脆嫩度很好，介于脆和柔之间。

鲜鲍是秒级的快乐，干鲍就是漫长的婚约了。我看到不少海鲜行业的老总收藏干鲍——看着是干的，其实里面持续变化，收藏的是不断发酵和溏化的过程。"溏心干鲍鱼是时间历练出来的，其实干鲍鱼做菜，本身就有酵香。比如佛跳墙，必须用干鲍鱼。"晖哥说。干鲍鱼的味道要借其他材料复合产生，传统的要花三到七天时间煮，老鸡、排骨、猪腿肉、火腿、元贝，这些食材通过长时间的共同熬制，将深情渗透，鲍鱼就迷人了。

挑鲍鱼干货很厉害的人，不用捏和泡。我总结下来有三个"点"：颜色深一点，厚一点，形状好一点。干鲍鱼没泡发之前是可以看出泡发后的样子的，因此枕要大的，边要细一点，闻一下不要有异味。说起来成年鲍鱼有一股香味，晖哥说，全是时间沉淀的经验。

我时常在家尝完鲜鲍后，仍觊觎鲍鱼捞饭，否则总觉得只有前戏。无奈我是料理干鲍手残星人，还好瞥见柜子里的鲍鱼罐头。晖哥自己做罐头鲍鱼事业之前，也是罐头嗜好者。"有些食物天生适合做罐头，120摄氏度高温高压后就更入味了，如红烧肉，做罐头就好吃，会很酥。鲍鱼道理一样，会更软糯浓郁。"

我整口咬溏心鲍，放肆咀嚼，不用像在餐馆吃宴会那样，要小心翼翼去切。绽放枕处核心的馥郁，配杯勃艮第大金杯，香气溢出的时候，整个身心都放松下来。

大概，这就是硬菜的意思吧。

菜肴名称 *Dish name*	学名 *Fish's scientific name*	昵称 *Nickname*	活动水域 *Waters*
溏心鲍鱼. 葱油鲍鱼. 鲍鱼红烧肉	Abalone	海耳、 鳆鱼、 将军帽	太平洋沿岸及其部分岛礁周围最多,印度洋次之.大西洋最少.

北 冰 洋

东北大西洋渔场

大

23.5°N

0°西

23.5°S

洋

东南大西洋渔场

北 太 平 洋 渔 场

太 平 洋

印 度 洋

秘鲁渔场

西北大西洋渔场

西

洋

洋

▦ 大范围渔场
⋮ 小范围渔场

时令风味 *Seasonal flavor*	好吃部位 *Tasty part*
俗话说"七月流霞鲍鱼肥",鲍鱼在六七月是最肥的,因为这个季节是鲍鱼的繁殖季节.	鲍鱼贝壳内软体部分有一个鬼大扁平的肉足,特别肥厚,吃鲍鱼主要就是吃它足部的肌肉.《药典》中记载,鲍壳又叫石决明,是著名的中药材,可平肝潜阳、除热、明目.

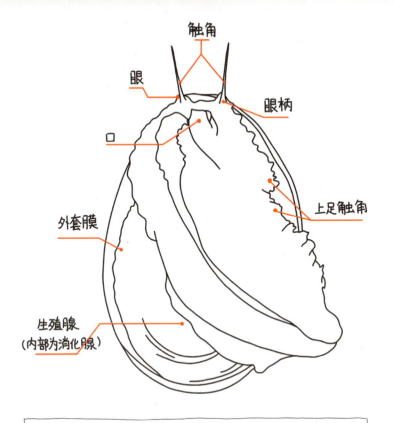

触角

眼

眼柄

口

上足触角

外套膜

生殖腺
(内部为消化腺)

交配方式
Mating mode

跟一般螺类不一样，鲍鱼是雌雄异体，可是它并不进行交尾。到繁殖季节，雄性和雌性的生殖腺成熟后，便分别把精子和卵子排到体外的海水中，卵子在海水中遇到精子就可以受精发育。鲍鱼的生殖腺在繁殖季节很发达，雌性的呈深绿色，而雄性的呈淡黄色。

肉质特征（生/熟）
Meat quality characteristics (raw / cooked)

鲍鱼是中国传统的名贵食材，其肉质丰满柔韧、鲜味浓郁，位列八大"海珍"之一。《本草纲目》中记载，鲍鱼性平，味甘、咸，可明目补虚、清热滋阴、养血益胃、补肝肾，故有"明目鱼"之称。

做法（生/熟）
Cooking method (raw / cooked)

鲍鱼只有中间部位的肉质是可以食用的，清理鲍鱼要先处理它的内脏，用勺尾部从鲍鱼嘴巴的一端深入，勺面顺着壳缝贴着鲍鱼的硬壳向下，就可以轻松取下鲍鱼的肉。将取下来的鲍鱼肉中一团质地很硬的红色肉撕掉，那是鲍鱼的嘴，还要取出鲍鱼的内脏(其中绿色的东西千万不要弄破，因为很脏)。然后用牙刷将鲍鱼两侧的黑膜以及黏液刷干净。鲍鱼的硬壳可以洗干净备用。处理好的鲍鱼肉可清蒸、葱油、蒜汁，个头小的鲍鱼则适合炖汤。

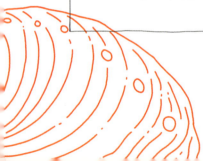

什么是"八珍"?

　　"八珍"是我国传统菜肴中的八种珍贵食品。它的名字最早出现在《周礼·天官膳宰》中。周代八珍乃是后世之八珍筵席的先驱之作，但中国历代"八珍"的内容多不相同。周代的八珍指的是：淳母（肉酱油浇黄米饭）、炮豚（煨烤炸炖乳猪）、淳熬（肉酱油浇饭）、渍珍（酒糟牛羊肉）、炮牂（煨烤炸炖羔羊）、捣珍（烧牛、羊、鹿里脊）、熬珍（烘制的肉脯）以及肝膋（网油烤狗肝）八种食品；清代八珍之一的"参翅八珍"是指：参（海参）、骨（鱼明骨，也叫鱼脆）、翅（鱼翅）、肚（鱼肚）、筋（鹿筋）、窝（燕窝）、掌（熊掌）、蟆（蛤士蟆）。

上八珍

指的是最上等的八种稀有而珍贵的烹饪原料，有：猩唇、驼峰、猴头、熊掌、燕窝、凫脯、鹿筋、黄唇胶。

中八珍

指的是中等的八种稀有而珍贵的烹饪原料，有：裙边、蛇土蝤、豹胎、竹荪、鱼肚、鲍鱼、猴头蘑、银耳。

下八珍

指的是较下等的八种稀有而珍贵的烹饪原料，有：海参、龙须菜、大口蘑、川竹笋、赤鳞鱼、干贝、蛎黄、乌鱼蛋。

清朝顺治年间浙江按察使宋琬曾咏《蛎黄》：
悬崖嵯崿缀蜂房，醒酒偏宜子母汤。
何物与君堪比似，江瑶风味略相当。

诗中"蜂房"是指海边悬崖、礁石上密密麻麻的海蛎壳。

最著名的美味小吃就是蛎仔煎！

方叔叔：莆田海蛎长化蛎好吃哦！

方叔叔
（莆田方志忠）

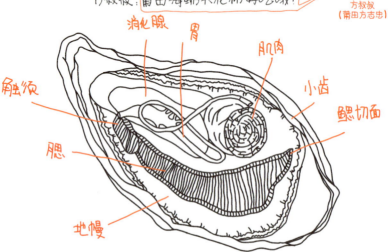

消化腺　胃　肌肉

触须　小齿

鳃切面

腮

地幔

海蛎

典型做法评价 *Typical cooking practice evaluation*	🐟🐟🐟🐟⬜
重量 *Weight*	🐟🐟⬜⬜⬜
鲜美程度 *Degree of delicacy*	🐟🐟🐟🐟⬜
鱼刺疏密度 *Fishbone density*	⬜⬜⬜⬜⬜
纤维硬度 *Meat fiber hardness*	🐟🐟🐟🐟⬜
湿软程度 *Degree of wetness and softness*	🐟🐟⬜⬜⬜
软颗粒感 *Soft granular sensation*	🐟🐟⬜⬜⬜

这
鱼
瓜
大

[*Monopterus albus*]

黄鳝

剑身龙化，寄作昂迁。

鳝跃通修，变珊瑚鞭。

——《海错图》海鳝赞

我听到黄鳝会被水淹死，

第一反应是这种笨拙太有哲学意义了。

想起葛优回复记者追问他钱的问题，

他说如果有钱他早死了。

感情貌似也是，

看看《浮生六记》里的芸娘与沈复，

就知道什么叫情深不寿。

黄鳝没有鱼鳔无法浮起，鳃严重退化，没法在水里好好呼吸。这状况，像极了人类逐渐退化的爱情，"偏执的、单纯的、直率的、暴烈的，混合着味觉的，近乎直觉的爱情"，像《恋爱的犀牛》里的那样，笨拙又稀有。

婚姻里即使闭口不谈"条件"，"条件"的存在却理所当然，就像一般养黄鳝水深要在20—30厘米，少了就干，多了就闷。

而现实中多数终成眷属的爱情，看起来都是以"淡"告圆满的。这种淡各有千秋，甚至有一种淡到失去性别。

有次我与一对老友夫妇去吃苏州朱鸿兴面馆，男人选择的浇头依然是鳝丝。题外话，我不太喜欢跟传统的老夫老妻以及他们年幼的孩子一起出来吃饭，有一个致命的原因：我看着女人由明媚动人的少女长成相夫教子干事业的金刚侠；男人呢？在呢，活的。

我瞥了一眼碗里殆尽的鳝丝，生完孩子，黄鳝由雌变雄，心想，跟产后妇女一样？

本来想和他们聊聊最近看到的一则新闻：韩国首尔市政府指导即将临盆的孕妇如何为丈夫准备即食的食物以及3—7天的换洗衣物，结果被韩国网民骂到删除网页。然而，眼看着一手抱着孩子的女朋友，温柔招呼了一下老板，"再加一份鳝丝好吗？"我就直接在心里默默删除了这个网页，还是安心吃黄鳝吧。

男女这件事，就像疫情，不要以为西方比中国好多少。家务事我管不着，但好在，鳝鱼是大家都爱吃的。鳝鱼在全球都可以找到，法国南部和黎巴嫩还曾出土过一亿年前的鳝鱼化石。

鳗和鳝，前者属于鳗鲡目，后者属于合鳃鱼目，民间好多是混着叫的。要区分也简单，只要鳃盖后面有两条鱼鳍的，就是鳗鱼，白鳝、风鳝、油锥、血鳝等，都是有鱼鳍的，它们其实是鳗鱼，而不是字面上的"鳝"。一般我们说的鳝鱼，指的是黄鳝，它的胸鳍已经退化。

成年后的黄鳝比较容易辨认雌雄——55厘米以上的黄鳝基本都是雄性；22厘米以下的黄鳝全为雌性。但这也导致黄鳝极为难养——首先是无法控制雌雄。秋冬季节，鳝鱼通常会长到雌雄数量一致，而人们捕捉鳝鱼都是抓大留小的，所以抓的大部分都是雄鳝鱼。另外，黄鳝交配期间大家乐不思食，但平时养的时候得注意饵料，据说饿的时候，体形大一点的雄鳝鱼是要吃小一点的雌鳝鱼的。而且，雌鳝鱼还会因为不好意思夺食而发育不良，变不了雄鳝鱼。我有点替它们的传宗接代着急，"不患寡而患不均"。这状况就类似于妈妈生了一个儿子，但无法得知20年后孩子那口子是男是女一样。

我有次在菜场买鳝鱼，和贩子聊起这个无聊的话题，他哈哈笑着总结陈词："没事，下一代雌鳝鱼会转成雄的。"好吧，是我多虑了。

我最记得在江南渔哥吃的那顿黄鳝，那是2021年过年前，江南渔哥主人姥爷的广州合伙人嘉文只身背了70斤鲜物——野生白鳗、青头鸭、柚子皮鹅姆、津谭豆腐、鲇鱼……从广州飞到杭州，真是鹅毛、鸡毛、鸭毛全齐了。我看到那盘清远来的野生鳝鱼，肉足有半指甲盖厚，就想起楼上私厨的沈厨说的话——到冬天，野生黄鳝难能可贵！

黄鳝很容易在泥地堤岸安家生活，在充满腐质的环境中觅食。黄鳝在英语里被称为Ricefield Eel，直译就是"稻田里的鳗鱼"。这是因为最早我们吃到的黄鳝，多数是在稻田里养的，只是后来坊间说农药多了，就不敢吃了。

那种野生黄鳝昂贵又稀少，是农人弓着背从稻田里抓的。我听说现在有一种"仿野生养殖模式"，是在生态农田里完成的。菜场黄鳝贩通常会对老客说一句"今天有田里的"，那种暗示同时带着客气与傲慢，让我心情太复杂了！

黄鳝肉厚刺少，全身都是黏液，只有一条三棱刺，但因喜动，所以肌肉发达，因此比较适合瞬间加热的爆炒模式。而火腿蒸鳝段之类的菜色则难度极高，因为鳝肉容易老。

袁枚老爷子在美食领域一世英名，我个人认为败于点评一道南京名菜——他说"制鳝为炭，殊不可解"，讥笑的是金陵人的"炖生敲"。但这恰恰是一道诠释黄鳝真味的菜。"炖生敲"这三字，可以当箴言拆："生"字，非得生猛活鳝不可；"敲"指的是，黄鳝去头抽骨后，用刀背带着"欻欻欻"的徐徐节奏，一路纵横敲拍，打散紧张鱼肉，使之起茸，之后切段遭油炸脆后，鱼肉就会坚而有型；"炖"指的是，最终随高汤炖煮，鳝鱼肉口感疏松入味。"炖生敲"颠覆了鳝鱼固化的味觉体验，"肉不散皮无损而腠理尽断"，从此不局限在爆炒鳝片这条窄路上！

馋虫被勾起，不免怀念起淮扬炒软兜（又叫软兜长鱼、软兜黄鳝）来。那次，扬州宴的陶师傅表演完精湛的文思豆腐刀工，告诉我汪曾祺家没有淮扬宴吃得考究。淮扬菜自古讲究物尽其用，比如鳝背淋响油，软兜就切丝做韭菜烩长鱼，骨头拿来炖早上用的面汤。大鱼头也是，重点部分拆烩了，鱼肉就做丸子。扬州这里有句俗话：礼多人不怪，油多菜不坏。可以想见，以前的寻常人家节俭，猪油属于稀罕物，多一勺油就是多一分客气。

阳光倦人，碧云天黄叶地里吃汪曾祺家宴，做梦似的。陶师傅说做的都是高邮土菜，以咸菜茨菰汤开胃。我幽幽听着汪曾祺"蒲包肉"的故事，想着当地人通常用蟹绳子来扎蒲草包，感觉多了一丝特别的鲜，不觉咽了口水。淮扬炒软兜的宽鳝背一声脆响，醒了。

鳝糊对江浙人来说不陌生，我还记得小时候陪外婆去菜场，看黄鳝摊子上一颗洋钉钉着鳝鱼头，一口小刀飞快自上而下，"刺啦刺啦"，熟练的黄鳝贩子手起刀落，内脏随鳝骨滑落到红色塑料桶里。那血腥的活宰场面，我小时候是半开着手指缝看的。

2020年在黄鳝最好的端午前，我有幸去楼上吃了一顿。记得那天的黄鳝是昂起头的傲娇样子，看着像蛇，性格也不善。黄鳝，黄褐色，头尖而大，属于凶猛的肉食鱼类，夜间觅食昆虫及其幼虫。鳝鱼一天要吃掉相当于体重的四分之一的食物，可以长到几十斤重。其觅食基本靠发达的嗅觉，主要食物来源是蜻蜓幼虫、虾、龙虱，也能吞食青蛙、蝌蚪和小鱼。

但农人说，黄鳝饵料也不能多，否则它会得肠胃炎。我又本能看了眼我那女朋友，她在帮男人吃那份加点的鳝丝浇头，因为男人吃不完。

雄黄鳝胃口好，寿命长（养殖鳝鱼可以活到八十多岁），但口味特殊，其交配多数是在乱伦中进行的，属于子代与亲代配对，甚至有雌鳝与前两代雄鳝配对的。若遇到没有雄鳝存在的情况，同批黄鳝中就会有少部分雌鳝变性为雄鳝，再与同批雌鳝繁殖后代，这也是黄鳝有别于其他动物的特殊之处。鳝鱼属于卵生，体外受精，繁殖前会在茂密的水草附近打洞做巢，产卵后则在巢穴门口吐泡泡，受精卵在泡泡间自然浮起、发育。

家里人喜欢吃鳝糊，也喜欢去奎元馆吃碗虾爆鳝面，后来在老店的主厨去隔壁开了方老大后也会跟过去捧场。我忍不住问楼上私厨的沈大厨要怎么选黄鳝。

"普通黄鳝适合做鳝糊。略微粗一点的黄鳝，刀拉开，骨头去掉，适合做虾爆鳝。"做虾爆鳝要酥，若鳝鱼肉质不够厚，烧好就没有了，做鳝丝要滑口，则不建议粗的黄鳝。

"黄鳝有很多老菜谱，鳝糊、虾爆鳝、鳝丝，都是很老的菜。做煲，比如腩肉笋干黄鳝煲，也好吃。"

各种黄鳝菜，随便报一个经典的，楼上私厨的沈厨都会做。我最感兴趣的是他那碗功夫细巧的传统虾爆鳝面——"河虾仁手剥，鳝骨熬汤。鳝鱼选一条50克左右的，再用传统方法烹制：菜油爆、猪油炒、麻油淋。最后小锅烧，面汤紧扣，面光汤尽。"平常汤面都是汤多，泡着面，我这种吃面速度慢的人，会出现"面越吃越多"的搞笑现象，这个"紧汤"版虾爆鳝面就解决了这个问题，非但比宽汤的浓郁，还比拌川（干挑面）水润入喉，难怪值得查公子（金庸的儿子）清早专程来吃。

"黄鳝要我选，一般不会选粗的，会选细的。我喜欢手指这么细的黄鳝，因为养殖周期短，粗的黄鳝我不建议，跟农药残留有关。毕竟希望黄鳝全是野生的也不现实。夏季是黄鳝最多的时候，端午前的黄鳝最肥。处理方式就是烧开的水里加上盐和很多醋，将活的黄鳝倒进去烫熟，待肚子里血块结牢后拿出来，几分钟就好。重盐和很浓的醋会让黄鳝表皮那种黏答答的东西去掉，等于炝了一下，这样肉质紧实，吃起来很滑口。"

沈大厨的石锅鳝糊捞饭是宁式鳝丝的改良，入口滚烫爽滑，浓郁鲜香，是许多同行寻味指定上菜。每一道鳝鱼菜，沈大厨都有自己的晋级理解：现在人注重健康理念，食材要求自然有机、本味萃取。我的"爆鳝面"选用自然生长的冷水鳝鱼，食指粗细，取骨熬面汤底。

沈大厨又补充说："黄鳝煲容许黄鳝粗一些。我们也在改良煲的做法，我们用的汤是鳝鱼骨头熬出来的，如果是传统的鳝鱼煲，里面是没有汤的。"

黄鳝属于夏季时令菜，还有一个重要原因：这时候黄鳝繁殖活跃，最好抓。"小暑黄鳝赛人参"，难免有荷尔蒙的加持。

此时，我还会想念顺德名厨罗福南先生的一道顶骨鳝——把鳝鱼骨头偷龙转凤成火腿丝，外面再包猪网油蒸。猪油脂渗入鳝肉，化为无形，火腿的鲜美又由内而外透出来，夏天特别下饭！

小暑节气里，要下酒，最好来盘杭州里园杨师傅做

的老式鳝片，脆噗噗生鲜汁！后来才知道，这种做法叫
"蝴蝶鳝片"，胡椒粉与醋、香油的味道，刚刚翻飞到
临界点，随鳝片香到鼻尖。

论香，还有一味香辣的峨眉鳝丝值得一提。元稹曾
作诗送薛涛："锦江滑腻峨眉秀，生出文君与薛涛。"
我有次吃到霍香峨眉鳝鱼，配一盘香酥鳝骨，像极了薛
涛的内外兼秀。

这道菜最早来自四川乐山的临江鳝丝，20世纪80
年代风行于乐山、峨眉一带的路边店。此菜一吃难忘，
特色是有鲜香料入菜，藿香、香菜与香椿芽醒鼻，盐菜
（九吃老师说是当地一种类似梅干菜的腌菜）、泡生
姜、泡海椒、老坛酸菜搭建主味，猪油与油渣入魂。

鳝丝也采用活熟宰处理法，令人想起我们江南口感
更弹滑的软兜。不过论起下酒还是薛涛这位才女辣妹家
的鳝丝更好，喝口酒就觉得人间值得。

光鳝丝不过瘾，大片香辣的脆鳝背，那还属应大师
的手艺。那晚我和钢琴王子李泉、低苦艾乐队主唱刘堃
以及好朋友音乐诗人汪文伟、亚洲鼓王文烽等聚在饭小
美音乐会的庆功宴上，我在如此分心的状态下还能认真
吃饭，那香辣鳝背功不可没。

盯着碗里的鳝，心里却惦记着全世界的鳝鱼及人类

的爱情，心里竟有一丝被自己感动到的博爱情绪。夏娃是亚当的肋骨，臣服也没错。对面，女朋友把最后一条鳝丝夹给她老公，"补补！"

　　见他俩暧昧一笑，我这个局外人还是早点吃完识相滚开的好。

让我们抱团取爱

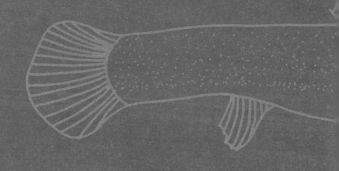

[*Misgurnus anguillicaudatus*]

泥鳅

膳堂也有三个诀，靠倒云门乾屎橛。

一双白大吃泥鳅，两个鹭鸶吞石蟹。

——宋·释慧远《偈颂一百零二首》

菜肴名称 *Dish name*	学名 *Fish's scientific name*	昵称 *Nickname*	活动水域 *Waters*
泥鳅豆腐汤、 红烧泥鳅、 干炸泥鳅	Misgurnus anguillicaudatus	鱼鳅、 拧沟、 泥沟崽子	广泛分布于亚洲的中国、日本、 朝鲜、俄罗斯及印度等地, 栖息于河流、湖泊、沟渠水 田、池沼等各种浅水多淤泥 环境水域的底层。

北冰洋

东北大西洋渔场

大

西

23.5°N

0°C

23.5°S

洋

印 度 洋

北太平洋渔场

大 平 洋

秘鲁渔场

西北大西洋渔场

大

西

洋

东南大西洋渔场

洋

▦ 大范围渔场
⬚ 小范围渔场

时令风味 *Seasonal flavor*	好吃部位 *Tasty part*
"秋风起,泥鳅肥, 初冬泥鳅赛人参", 夏末秋初时节, 泥鳅肉质最为肥美。	全身(去除内脏)。

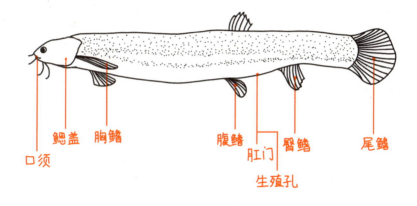

口须　鳃盖　胸鳍　腹鳍　肛门　臀鳍　尾鳍

生殖孔

交配方式
Mating mode

泥鳅一般2岁龄时开始性成熟。其繁殖季节是4—9月，6—7月为繁殖盛期。泥鳅是一年多次产卵的鱼类，产卵常在雨后夜间进行，有时白天也产。产卵期间，泥鳅胆子较大，常到水面上追逐。

泥鳅卵有黏性，卵在水中受精后，粘在水草或水中杂物上孵化，落入水底的受精卵也能孵出仔鳅。

肉质特征（生/熟）
Meat quality characteristics (raw / cooked)

泥鳅肉质细韧鲜美，富含蛋白质，营养价值高，含脂肪较少，胆固醇更少，属高蛋白低脂肪食品。

做法（生/熟）
Cooking method (raw / cooked)

在泥鳅上撒上大量的粗盐可以去掉土腥味，土腥味主要来自泥鳅表层的那层黏液。做法是先把鲜活的泥鳅放到大一点的汤盆里，撒上盐，用盖子盖住。然后用粗盐把泥鳅搓一遍，再用水冲洗干净。第一步完成后只能说去掉了80%的土腥味，第二步就要烧一锅水，水开后把泥鳅下入锅中烊烫1分钟。捞出后可以看到泥鳅表面有一层黄白色的薄膜，这时用凉水冲一下后再把薄膜撕除。最后将泥鳅用剃刀剃开，去除内脏，处理干净，就可用于烹饪了。

	（5分） (5 points)
典型做法评价 *Typical cooking practice evaluation*	🐟🐟🐟 🐠🐠
重量 *Weight*	🐟🐟 🐠🐠🐠
鲜美程度 *Degree of delicacy*	🐟🐟🐟 🐠🐠
鱼刺疏密度 *Fishbone density*	🐟🐟 🐠🐠🐠
纤维硬度 *Meat fiber hardness*	🐟🐟🐟🐟 🐠
湿软程度 *Degree of wetness and softness*	🐟🐟🐟 🐠🐠
软颗粒感 *Soft granular sensation*	🐟🐟🐟 🐠🐠

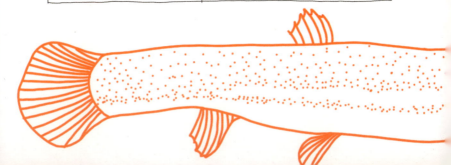

它带了籽，

你负不负责？

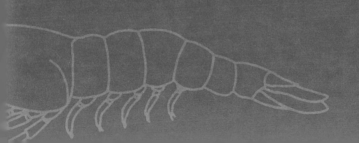

[*Macrobranchium nipponens*]

小河虾

柳边飞鞚，露湿征衣重。

宿鹭窥沙孤影动，应有鱼虾入梦。

——宋·辛弃疾《清平乐·博山道中即事》

以前不理解为什么"大头虾"是形容笨蛋的，

后来想想生殖腺和大脑长在一起的人，

大概和虾差不多。

聂璜在《海错图》里，画得最多的就是虾，这不免让我想起齐白石。6岁时，父母逼我习字画画，齐白石、张大千、徐悲鸿、吴昌硕、潘天寿……这些赫赫有名的人里面，我只认得他的虾，还没等把只只小河虾临摹成"似而不同"，就已经饿了。

家里来了客人，我妈妈除了用强大到近乎残忍的自信秀我的"齐白石简笔画"，就是买来小河虾给爸爸剥。江南以小河虾为贵，待客之道就是要活的、小的、手剥的！只要吃上手剥小河虾，我裂开的自尊就可以暂时愈合。

早些时候，江浙的河塘里一到夏秋到处都有虾在交配，欲令智昏，正合垂钓者意。钓虾可以用面团、菜饼、蚯蚓，甚至饭团。雄心勃勃的雄虾，一把钳住饵料，不依不饶，拉起来就是一只。当然只有小河虾中的雄虾才有长而有力的钳子，可以轻易钓起，雌虾钳子太小，好难钓。小河虾买回家养在脸盆里，如果在生命结束之前雌雄小河虾仍然拥抱在一起，那基本可以断定是养殖网捞的。

二三十年过去，如今的十一二月，小河虾（日本沼虾）已是菜场里奇货可居的高端货。我买回家做手剥虾仁前，都会一只只搓澡，小河虾精壮又生猛，整个过程那叫一个刺激。水槽洗虾时候，我的脸上身上都会溅上淡腥味的虾水。窜角落里存活的那些"敢死队队员"，总是有本事让我在烧完清炒虾仁后才发现，被幸运地捞到鱼缸里面寄养，时间一长就成了临时宠物，我总也想不起要如初心吃掉它们。

家里的金鱼缸小，雌虾有时会因为不堪忍受雄虾的交尾纠缠而跃出水面，甚至导致跳缸身亡。对此我还是有点怜惜的，毕竟我好不容易迎来有小河虾的夏天，姣美身材的母虾却因"爱的贞洁"寻短见。

我追着"籽河虾"
从夏"咔噗"到冬！

虾几乎遍布全世界，有水的地方总能找到一款特别名目的虾来，因此虾也自然成为美食江湖里有超多"地方限定"资格的水产。又听日本大阪大学的科学家说虾青素有助于消除时差症，我前十年的工作经常要出国，就自然成了追虾的人。

广府的虾籽云吞面用海虾（现在越南白虾居多），紧而脆。杭州老一辈在自家吃虾，还是喜欢淡水虾，享受绵中脆。小时候亲戚过年送礼标配之一是整盒的冻对虾，基本只能油煎后葱烧，粗犷对待。

在相同的光照条件与环境下生长，太湖白虾肉眼看要比冬天的小河虾黄一些。小河虾，也就是日本沼虾，俗称青虾、河虾，眼睛比中华小长臂虾小，且向前伸出，无白色触须，钳子非常粗壮，块头一般来说也很大。

青黄不接的时候，我家里做龙井虾仁也只能用本土沼虾代替。很多南方人还会拿沼虾来白灼或做油爆虾待客，比起用基围虾待客，主人态度上显然殷勤得多。

老头儿油爆虾的老板傅月良告诉我："江浙爱吃小而鲜的河虾。冰冻的大对虾一般来说成长环境不一样。不过深水区的螯虾是比较鲜甜的，可以生吃，像龙虾肉。但如果冰冻过又保存不当，螯虾肉就是软的。其实河虾也可以生吃，但要看其生活环境的水质。"

有虾籽的季节，舌尖在白灼小河虾腹间轻推慢挪，那些细小的珍珠在齿间发出极细微的"咔噗"声，牙龈被按摩到微微酥麻，悠悠香甜味如期而至，光声音就已经把人心挠得痒痒的。

虾籽是没法冻的，否则脆弱外膜会被冰后膨胀的体积撑破，解冻后也不会有"咔噗"声。河虾本身也没法冷冻处理——因体积小，冷冻后水分被抽走，花容就得失色，因此只能鲜吃，这可中了江浙人的下怀！

江浙人对"冻"有本能的抗拒，虽然现代科学已经能做到液氮极冻后的活鱼放回水里还能复活。运输得当，冻虾与活虾水准没差。

可惜，习惯始终顽固。明虾、对虾、南美白虾这些海虾在我家之所以有一席之地，一靠身材健硕，二靠冻在冰箱里能随时解馋。小河虾就比较巧，人家靠"鲜嫩"。海虾与淡水虾那种区别，就好比一个女人靠胸大，一个女人靠年轻。

那籽河虾就是青春少妇，老餮最爱！齐白石画虾成名，他吃过的母虾，想必比大多数人见过的都多，小河虾就是他水灵的蒙娜丽莎。

我几乎看遍他流传下来的虾画，有长钳子"手臂"的是公的，"手臂"稍短且头上带着长水滴"膏"的是母的。

艺术家生性浪漫的多，齐白石与毕加索一样，都爱美与美人。我觉得这无可厚非，至少齐白石的爱情是出于本真。他57岁时娶了第二任妻子，18岁的胡宝珠，齐白石呼唤她"宝姬"，两人一生育有7个孩子，最后一个孩子出生时，齐白石已经78岁了。谁料齐白石83岁时，"宝姬"又怀孕，结果难产而死。齐白石一蹶不振，85岁想续弦，被子女劝退。齐白石93岁相亲，结果嫌弃别人介绍的44岁女子，子女不敌，怕老爷子有个三长两短，于是换个22岁的，老爷子果然满意。93岁临终前，齐白石还吵着要与这位妙龄女子正式结婚。齐白石癖好独特，但还算专情。

同样晚年名利双收的毕加索，来自盛产野生红魔虾的西班牙，属于浓鲜型。真是东西方"红玫瑰"与"白玫瑰"各有所爱。老毕与老齐一样，有过两次正式婚姻。不同的是，毕加索是被宠坏的暴君，视女人为"尘粒"，一生中公开的情人就有7个，逢场作戏更是家常便饭，他甚至同时和三个女人错峰交往。1943年，62岁的毕加索找了一个22岁的艺术家小情人，育有一对儿女，结局是……被她抛弃。

除了爱情这份上天的馈赠，两位巨匠的友情也让人羡慕。

齐白石视毕加索作大洋彼岸的知己，曾三次拜访。1956年，画家张大千去法国拜访毕加索，老毕对老张说："我不敢去你们中国，因为中国有个齐白石。"我觉得后人不要揪着毕加索和齐白石的画比来比去，研究下两个渣男情圣的恋情就懂了。

淡水虾鲜女青春很短
从"三虾面""龙井虾仁"吃到"油爆虾"

要聊做法，就要先说大小。太湖白虾、小河虾与本土沼虾都是淡水虾，长臂虾科。其中太湖白虾微黄而透明，体态三者中最小。国内冬季大家普遍吃的小河虾，是日本沼虾，钳子呈蓝色，比普通沼虾个头小。

"每种虾的食用季节和品种特性决定了烹饪方法，中餐里有句话叫'有味使之出,无味使之入'，手法取决于你想表达什么，同时要去研究原料最美的那个面是什么。"

如同向艺术家学习如何搞定不同秉性的女人，我和傅月良师傅聊起深一度的虾料理，一样津津有味。

人靠衣装，虾平时的生活也可以从壳上看出来。"虾吃肉，也吃水草，是杂食动物。野生虾的食物就是水藻等悬浮物以及无脊椎昆虫卵等等。"

"冬天因为水质冷，河虾脱壳时间周期长，所以壳特别硬，适合油爆。但太湖白虾永远不可能做成油爆，最多是油炸，因为油爆的话虾的本味会遗失，也没有鲜嫩脆口的感觉了。"

"三四月，该捞的小河虾都捞完后，养殖小河虾的虾笼会有一个清塘过程，就是将所有塘水排干，正好让塘里的微生物生态得到重新整理。这个过程中捞起的河虾壳很薄。"壳薄容易腌醉，我最喜欢这个季节的带籽醉虾！傅师傅也赞同："因为暖了，太湖白虾也有籽了，这个季节做醉虾好吃，短时间的生醉，因为虾壳薄汁水容易进去。只可惜数量少。"也因此时小河虾和太湖白虾都少，油爆虾也会用本土沼虾替代。

光本土沼虾就有二十多种，我们常见的有海南沼虾、粗糙沼虾和罗氏沼虾等。里园的杨育师傅最近做过一次生腌的罗氏沼虾，肉厚，脆甜到两颊生风，这种虾上海人叫大头虾。

每年去苏州吃趟三虾面，都会牵动我初夏时分的心神，因为那是太湖白虾的季节。看着老师傅长筷子一夹一抖一翻，就成了苏州面经典的"观音头"，"金钗"是齐汇虾仁、虾籽、虾脑的小炒碟子，外加一盘小青菜，一盘生姜丝，一碗汤。但因供时太短，这口细脆的虾籽转瞬即逝。好在苏州有一种"虾籽酱油"，是三虾面灵魂一股子腔调的延续，如一曲烟波流转的苏州评弹。

《随园食单》里有虾籽酱油，是秋油（又叫伏油）里加了当季最后一批虾籽熬的。老苏州人家自制虾籽酱油要加白酒、白糖、生姜和老陈皮慢炖，做时香满院子。汪曾祺的"汪豆腐"其实就是豆腐煮虾籽酱油。苏州人从前走亲访友若拿了"采芝斋"或者"稻香村"的虾籽鲞鱼，那这位好朋友偶尔煮粥配上，也能吃顿"皇帝的早餐"。

"三虾面"与"太湖三白"的时节是手拉手进行的。为此我学了太湖边望湖楼里油淋虾的土著做法：热油倒入姜、蒜、辣椒等调料里，出香后冷却片刻再放糖、醋、芥末和葱花，与洗净的鲜活太湖白虾拌匀，那是每年五月到七月的即食圣物。

傅月良师傅原来是湖滨28的中餐总厨，开了老头儿油爆虾后，对河虾更是精益求精，入口的虾要经他层层选拔，选妃似的。"广西的虾是热带虾，特别薄，肉质不结实。广东的虾跟罗非鱼一样，生长超快，但是虾的肉质很松，过油炸后，虾肉不够脆嫩而且会干。"我特地跟着傅师傅去买菜，真是上了一堂鲜活的课！"河虾来说，江浙一代最好的是德清太湖虾，湖州以及江苏一些地方都产。市场上的河虾多是养殖的，所谓野生也只是自然状态下围着放养，属于半野生，纯野生的河虾很少。有些河虾的壳是暗黑色的，说明生长的水质不好——水好的话河虾壳会很通透，虾背是青色，壳上没有那种被苔藓裹上去的感觉。水质不好的话虾壳用手摸很粗糙，水质好虾壳就很光洁，而且通透。"

中华长臂虾的雌虾有虾籽，个小，肉比较结实，适合做呛的（油淋虾）。傅师傅也同意，"饱满度是雌虾高，雄虾的壳和肉是分离的，而雌虾很结实，在虾界就是悍妇"。

我和傅月良师傅聊起鱼缸养河虾这回事，他说他曾从市场上买回河虾放在鱼缸里养，鱼缸温度保持在26摄氏度，以观察河虾脱壳时间。小河虾一般在45天内脱好几次壳（其实脱壳往往意味着交配），一年会脱十几次壳，每脱一次就长大一点。刚脱壳时是软的，过一天左右就开始变硬，十天左右恢复原来的颜色。

"刚脱壳的虾可以做醉的，过十几天虾壳恢复硬度时，可以做油爆虾！不过不能给虾太长时间恢复，虾壳太老了就戳嘴。"

傅师傅说为了卡准标准，河虾只能一只一只挑，太软太硬都不行。"手要刚好掐进去，以判断是否脱壳十天左右，否则每只虾不一样，没法计算。"

我想起鱼缸里的雌虾会将虾卵置于腹部，并经常扇动泳足来为虾卵提供充足的氧气。据说能看见虾卵中小虾的眼睛时，要将雌虾小心隔离出来待产，否则万一惊动脾气敏感的她，或者变动水质，雌虾就会吃下自己的卵，或者提前蜕皮只管自己谈恋爱去了。

才知道，河虾之所以难养，"雌虾是悍妇"要负大部分责任。结论是：千万别惹孕妇！

油爆虾里的烫手秘密：
油温里有大学问！

油温这件事，我本来也没那么在意，直到吃完"天妇罗之神"早乙女哲哉的出品，开始在家钻研天妇罗。天妇罗这种料理手法是"蒸"与"烤"同时进行的脱水制作——有天妇罗粉衣的包裹，食材在这100摄氏度的高温中就由炸变为"蒸"了，非常神奇。

傅月良对中餐烹饪的油温特别有心得，这与早乙女哲哉的烹饪理念一致。"不同的食材和食材的不同部位，需要用到什么温度，粘上多少面粉，面衣要裹到何种程度，这都是制作天妇罗时需要反复实践和学习的东西。"

一般制作天妇罗虾是用180摄氏度的油温炸40秒左右，但这并不能一次满足虾头要酥脆虾肉要又弹又嫩的要求。早乙女大师追求极限的美味，会分开料理虾肉与虾头，虾头按上法炸毕后，会开最大火，然后单独把虾身下油锅，时间控制在24到25秒之间，这样虾肉的中心温度会在45摄氏度到47摄氏度——这个温度下的食物，其甘甜能被最大程度感受到。

做油爆虾也是同理。不过幸运的是，因为淡水虾相对小，可以用同一个温度实现虾肉甜湿与虾壳爽脆。但如果温度高，炸的时间久，油温渗透后虾肉就老了。

傅师傅说要在虾壳炸到酥脆、壳跟肉分离的那一刻立马出锅，这时汁水会进入虾壳之间——做得好的河虾能看到里面汁水在动！

"看油爆虾做得好不好，一头一尾拿好，用嘴唇咬虾背部分，若一咬之下虾肉就从虾腹部蹦出来，跟活的一样，这就是好的油爆虾，中式天妇罗！"

我细细想，虾肉等同于蒸出来的——虾壳在经历高温炸的同时，包裹在虾壳里面的水蒸气就启动"微型蒸箱"功能。所以虾肉能保持鲜嫩状态，吃的时候牙缝里还有虾的汁水。

　　"我曾研究西餐如何做牛排,他们讲究温度,会用温度计来测量,使牛排中心不超过55摄氏度。牛排不是从头煎到尾的,而是温度到了就拿走,留余温在里面。做鱼则不超过42度。我的温度控制得也很严格,得反复试。很多油爆虾做不到这个程度,所以不是所有的油爆虾都叫老头儿油爆虾。"

　　傅师傅已经定了"油爆虾"的行业标准:"虾壳要酥脆,虾须要80％健全——好多人做油爆虾虾须都是剪掉的,虾肉和虾壳也是一体的,虾肉绵绵的。为什么虾须要健全呢,因为好多人是用死虾做的,而虾须剪掉后就无法分辨虾是活的还是死的。另外虾肉要脆爽,这和脆嫩不一样,不是嫩,是爽,这是两个标准。还有之前说的,虾的成长周期要恰当。"

　　我听完点点头,"不是嫩,是爽,这是两个标准",心里又重复了一遍,突然觉得虾与虾有别,但齐白石和毕加索大概没差。

菜肴名称 Dish name	学名 Fish's scientific name	昵称 Nickname	活动水域 Waters
盐水河虾、 油爆虾、 菜干河虾汤	Macrobranchium nipponens	河虾、 青虾	广泛分布于我国 江河、湖泊、水库 和池塘中。

东北大西洋渔场

北 冰 洋

大

西

大

西

北太平洋渔场

23.5° N

0°

印 度 洋 大

平 洋

西北大西洋渔场

西

23.5° S

洋

秘鲁渔场

洋

东南大西洋渔场

大范围渔场

小范围渔场

时令风味 Seasonal flavor	好吃部位 Tasty part
河虾一般夏季活 动最为频繁，最适 合食用的季节是7月。	虾肉、虾脑、虾籽。

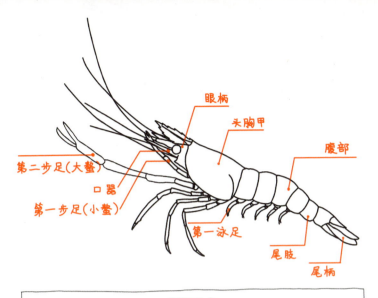

眼柄

头胸甲

腹部

第二步足(大螯)

口器

第一步足(小螯)

第一泳足

尾肢

尾柄

4月中旬—5月上旬，性成熟的雌虾便开始蜕皮，蜕皮后雌、雄虾腹部相对交配。交配后3—10小时雌虾抱卵，卵的颜色为黄色。卵经过孵化后发育成幼虾，幼虾脱离母体后，很快进入第1次蜕皮，每次蜕皮后其生长速度明显加快，一般发育成成虾需有4次以上的蜕皮过程。

肉质特征（生/熟）
Meat quality characteristics (raw / cooked)

泅虾肉紧鲜，营养丰富，易消化。泅虾体内很重要的一种物质就是虾青素，就是表面红颜色的成分，虾青素（英文称 astaxanthin，简称 ASTA）是目前发现的最强的一种抗氧化剂，颜色越深说明虾青素含量越高。

做法（生/熟）
Cooking method (raw / cooked)

洗净鲜用或晒干备用。其大者，可蒸晒去皮用，亦称虾米。

典型做法评价 *Typical cooking practice evaluation*	🐟 🐟 🐟 🐟 🐟
重量 *Weight*	🐟 🐟 🐟 🐟 🐟
鲜美程度 *Degree of delicacy*	🐟 🐟 🐟 🐟 🐟
鱼刺疏密度 *Fishbone density*	🐟 🐟 🐟 🐟 🐟
纤维硬度 *Meat fiber hardness*	🐟 🐟 🐟 🐟 🐟
湿软程度 *Degree of wetness and softness*	🐟 🐟 🐟 🐟 🐟
软颗粒感 *Soft granular sensation*	🐟 🐟 🐟 🐟 🐟

为什么那么普通，

又那么自信？

土笋

曰笋曰蚨，状贸末如，

鼎湖昇后，坠落龙须。

——《海错图》泥笋赞

192

一般看着怕又吃得下的东西，
都有让人欲罢不能的魅力。

99%的人没吃过正宗的土笋冻，这话不是我说的，是美食家朱家麟说的。在他眼里，现在土笋冻从材料到加工一直到佐料都已经不行了，跟原来比是天上地下。"从材料上看，野生土笋不成规模，很少，都是养殖的。养殖土笋因养分供给充分所以长得很快，但与野生的相比，嫩度不一样，鲜度也不一样。"我听着这控诉就像在听王小波甩着长头发，念叨着：虽然岁月如流什么都会过去，但总有些东西发生了就不能抹杀。

我说：好吧，那朱老师推荐一家。得到的回答是："生产的作坊有100多家，但是味道都不对了，吃不到原来的味道了。"结果再次甩了头发，发尾还割到我的求知欲，让它们隐隐作痛。

我只能瞪大眼睛说：哦……

毕竟没吃过的东西更值得谈论，就如同青少年谈论起性生活与忧郁时那样起劲。

我其实是冒着密集恐惧症与被迫害妄想症发作的风险，特地找过土笋冻的。土笋这种黑黑的细细的，随时带着伸缩欲望的东西，太让人有不适感了。但人家问要不要再来？我眼睛一闭，还是想的，无论多么不堪，我总想亲身试一试，或者说人类的欲望总是能超越理智。

春夏之交，在厦门被骤雨与烈日轮换伤害意志，我心里的虫子就爬出来了。其实，以前凡是对土笋冻有点追求的，一般会去斗西路上的西门土笋冻（因靠近中山公园的西门而得名）。《海错图》里记载的土笋"状如蚯蚓，蓝色作月白纹"，我没机会见识，但成品的土笋冻小酒盏似的，一口一个，搭配酱油、陈醋、黄芥末、蒜蓉、辣椒，就像用在女人脸上的彩虹色粉饼，舌头好比大粉扑，一舔，就把五味糅合出靓丽来。

厦门人把土笋干洗净后熬煮，然后连同富有胶质的汤汁装入小杯里，等蛋白质的胶质凝结成冻，土笋冻就形成了。那食物界的琥珀——"土笋"冷藏后躺在肥圆小块中间，似乎要成为永恒。那绝美的蛋白质的胶质凝结成冻，晶亮沁心。爱吃的，见五彩石般一股一股堆淋上的神圣，舌头就不自觉噗噗冒汗、粘稠，吃完简直就学会了女娲造人。

后来我才知道水深，原来市面上的土笋冻有两种：大部分号称"土笋冻"的，商家都舍不得用本尊，而是直接用长相"白富美"的沙虫代替，以至于很多游客都以为沙虫才是"土笋冻"的神之拣选。

　　沙虫是常见的，微微泛红，能长到一掌长，也叫光裸方格星虫——一听姓"光裸"就觉得它不是好东西。不过，沙虫有"海滩香肠"的赞誉，它生活在沙地里，对生态敏感，一旦被污染就会死去，因而也有"环境标志生物"之称。

　　还有一种就是闽南海滨的地标型食物——"土笋"。其实土笋不是笋，是沙虫的亲戚可口革囊星虫，又叫土笋、海丁、海蚂蟥、泥丁等。相比沙虫，土笋个体短细一些，有细长的吻部，体表有不自信的灰黑或土黄的杂色，没有网纹。它们生长在江河入海的咸淡水交汇处的滩涂或淤泥里。粗者不到小指粗，细的也就吸管粗，拇指长短，拖着伸缩自如的火柴棍粗细的"嘴巴"，身体末端生有密集的深色乳状凸起，不能细看。识货的人叫它"海中的冬虫夏草"。

　　"山里有冬虫，海里有星虫。"土笋经人工蜕皮后，比沙虫的鲜美更胜一筹，而且富含胶原蛋白，也被称为"动物人参"。一听名字，居然姓氏是"可口"，怪不得基本绝迹，可见好吃到不想活了。

　　土笋目前只能适应野生环境，若想养殖也要尽量骗到土笋，"哥们，这你家！"所以成本很高。少部分土笋雌雄同体，大部分异体，但肉眼看不出，必须检验其体腔里是卵子还是精子才能确定。土笋的生殖腺独特，长在嘴巴的基部……当嘴巴缩进身体里交配时生殖细胞会落入体腔内，被兼作生殖管的肾管收集——也就是尿道、输卵管或输精管是合用的，真是省。土笋们体外受精，精子卵子从肾孔排到海水中，合体发育为自由游泳的担轮幼虫。

不过，吃起凉拌沙虫来，直截了当的鲜脆口感，一样恰似来自贪婪灵魂的拷问。既然假公主也漂亮，当然一并收至麾下。沙虫产于北海、湛江等北部湾地区，吃之前要先将它肚子里的沙肠切掉，就像吃花蛤要先洗干净一样。具体做法是：用一根小木签将沙虫腹部刺破，将腹内的沙土及内脏清洗干净，再反复用清水将表面滑浆洗净，佐以葱姜，以大火快炒。成品颜色如雪，口感脆中带甜。沙虫氨基酸的平均含量高达60%，以谷氨酸含量为最高，大约占沙虫干体质量的15%—20%。烹饪时，游离的谷氨酸分子与氯化钠发生反应生成谷氨酸钠——直接在锅里明目张胆合成味精！

"很多人来厦门时会吃白灼沙虫——冰上面放10到20条，一道菜就要七八十块。我在湛江吃的最奢侈的就是油炸沙虫，外面也是挂浆，鲜味一炸就分解了，里面的氨基酸都被破坏掉了，不鲜，不好吃，跟薯条一样，我不怎么喜欢吃。不然这么一大碗上来，我会心情澎湃。"朱老师说。

不过，我个人觉得沙虫被制成"土笋冻"实在太憋屈了。土笋剥了皮，除了短了一点，确实像沙虫，但沙虫是没有"冻"的。商家们就"奇技淫巧"，加入各种鱼胶、海藻胶……不怕没有冻，就怕冻不够硬。但正宗的"土笋冻"是富有弹性的，口感不同。我甚至觉得，在福建，此时如果有一道闪电割破苍穹，那一定是替沙虫鸣冤的。难道"有冻"才配有姓名嘛？！

"几乎所有来厦门的人，都觉得所谓大名鼎鼎的土笋冻也就是这么回事，甚至台湾美食家来厦门时都嗤之以鼻。"朱家麟老师痛心地说。现在的加工方法也不行，以前野生的土笋表皮有一层粗糙的"织物感"外皮，不去掉会影响口感。现在野生土笋资源少得可怜，商家也舍不得把表皮去掉，或者就直接用其他星虫代替，如果其他星虫没有胶质，就会用熬出来的琼脂让它凝结，所以不会好吃。

确实我最近去一直没吃到满意的。后来又有食家语重心长说，泉州晋江安海镇的土笋冻在闽南一带才算正宗，土笋新鲜，放入的酱料简单——秘制的醋加酱油，泡点蒜蓉粒——不像在厦门有些土笋冻是用星虫干制作的。

朱家麟老师有次到北海专门去找土笋冻吃。土笋冻在北部湾叫泥丁粥，从防城港到北海都有卖，"很贵，一百来块，你得出得起钱"。

我眯着眼睛说：哦……

这种美味也是从传说中来的。相传郑成功是土笋冻的发明人，不过后来又有"戚继光说"(希望民族英雄们不要因为吃货的专利在天上打起来)。版本差不多都是：土笋本是给官兵充饥的食物，结果发现隔夜有奇特的美味，才有了现在家喻户晓的"土笋冻"。明朝屠本畯的《闽中海错疏》和清初周亮工《闽小记》都有关于土笋冻的记载。前者讲道理："其形如笋而小，生江中，形丑味甘，一名土笋。"后者说故事："予在闽常食土笋冻，味甚鲜异，但闻其生在海滨，形似蚯蚓。"总之，古人吃的历史也是源远流长。

"现在的厦门人也没吃过正宗的土笋冻，大多数人被商业蒙蔽，不懂。"朱家麟老师现在在鼓励一个朋友做正宗土笋冻，恢复传统，价格会很高。"我叫他去收购野生土笋，因为很少所以很贵，原材料就要70块一斤。野生土笋长得慢，肉很Q，鲜度很高，被炖很久后依然有弹性。现在厦门土笋冻里土笋的外皮没有被褪掉，因为舍不得。我们以前吃的都是白白的，现在容易买到的野生土笋冻通常只有干品。"

"原始的土笋冻一共有10种佐料，主要用于体现其鲜味和质感，比如说老酱油、芥末花生酱。芥末选的是我们中国本土芥菜做的，芥菜籽很香，黄绿色的，颗粒细微，不止是呛人而已，跟日本那种牙膏一样的辣根是两回事。还有厦门辣酱，酸甜辣咸，味道很丰富；另外再配芫荽、酸腌萝卜、黄瓜。"朱家麟老师回忆说以前铜钱大的一块土笋冻都要2分钱，在上世纪50年代2分钱已是大额了，3分钱可以吃一碗面茶(炒面冲水搅拌后类似芝麻糊的食物)。"大小如铜钱，也就是直径4公分左右，约1公分半高，那么一小块！"

朱家麟老师记忆里，土笋是有钱人的零嘴，一块就那么点大，就是吃一碗也不会饱。"几乎不会有人吃一碗，顶有钱的花一毛钱买5块，一般来说一个人会买一两块。不是说花不起那个钱，很多东西都是这样，你认真去品一块就够了。"

原来做土笋冻的时候要先把星虫熬出来，再把熬好的星虫捞出来放小盏里面（一个小盏放5到8条），最后把熬出的汤汁浇下去。因土笋中的胶原蛋白含量很高，天气不太热的时候放一个晚上，就能靠自身的胶原蛋白凝结起来。朱家麟教师说："要给土笋冻打分，第一看材料、第二看做工、第三看佐料，全部优秀的土笋冻才是正宗的。十年前我厦门盐中老家那边，还能找到高价的正宗货，现在很少了，因为海滩被围垦。但去红树林里挖，可能还有。"

其实，土笋出了福建还是有存活可能性的，比如广西东兴市至山口、广东湛江等两广沿海地区都有分布，整年可采挖。海边人经常成群结队下滩采挖土笋用来做美味食材，他们凭着滩面留下的小虫孔，用特制的三角形虫锄翻开表层泥土寻找带粉青色泥土的虫道，之后轻轻浅挖，就可采挖到"土钉"。

去年我的厦门签书会举办那天，海鲜大叔与酱油哥提前来，带着土笋冻刺身。他笑着调侃说，事前（签书会前）要吃芥末酱油当杀虫剂（土笋长得像虫）。我战战兢兢着吃完了，简直对答里都有流畅鲜味，确定以前吃了假的土笋冻——这一碗真的鲜到全身腺体在颤抖，确实胜过味精！

现在才能理解一点福建人耳熟能详的闽南语歌曲："土笋冻呀土笋冻，最最好吃真正港（正宗），天脚（底）下，陇（全）都真稀罕，独独咱家乡出这项……酸醋芥末芫菜香，鸡鸭鱼肉阮（我）都不稀罕，特别爱咱家乡土笋冻，哇，哇，想做土笋冻。"我也开始明白朱家鳞老师为什么急得直跳脚。"我就觉得现在的土笋冻根本就是在败坏厦门土笋冻的名声。我差不多把厦门所有的土笋冻都吃过了，只有阿德的还好一点，也是因为他肯多下土笋。但他也没有把皮去掉，海鲜大叔带来的土笋冻其实就来自阿德，也是养殖的。"

"以前的野生土笋冻是晶莹剔透的，薄薄的，只有头或者尾挂一点皮。那个虫是小的（相比现在的），但咬下去滋味很鲜。"

传统里正宗的土笋冻做法其实就是1+1的技能：活土笋先放养一天以吐清杂物，然后下锅熬煮。这家伙里面的胶原蛋白比猪皮容易投降，水滚后，土笋浮起，汤就呈粘稠状，即可起锅。汤里加一点点盐巴，再逐一舀进小酒盏里，自然冷却之后就自动凝固成土笋冻了。在闽南，人们还喜欢将土笋和油葱或者韭菜花同炒，盛起后，旺火加水烧开，放入米线就是鲜绝的一顿。

"土笋冻上面有酱油膏、芥末和辣酱，三者叠加，就有复合的鲜美、甘甜和辣香。关键是这三者甜辣酸的混合是很特别的，口味确实无敌。"那时候的人舍不得吃，会加黄瓜芫荽放进去，一起咀嚼，慢慢品。厦门吃的是土芫荽，味道比较浓郁，根部和叶杆发红的那种，切成末，浓郁从中来。

鲜土笋很难保存，"而且土笋柔嫩，较难处理，而土笋干的价格又太高。"作为替代，广州家庭会用沙虫干做熬汤的料。传说广西北海市出的沙虫是最顶级的，儋州的光村滩涂沙虫资源丰富。据当地渔民介绍，大月亮的晚上，在沙虫浮到浅海水面交配时所捕捞的为最佳，特具补肾壮阳之效。但近年来，有些渔民为追求经济效益，采用不合理的挖采方式，譬如用高压水枪采捕，加之生存环境的污染，使得沙虫野生资源大幅下降。

土笋当年，也是讲究在交配时被双双捞起。所以"神仙眷侣"那种词，仿佛是前世才会有的，又仿佛正在发生。

婚葬后的殉情

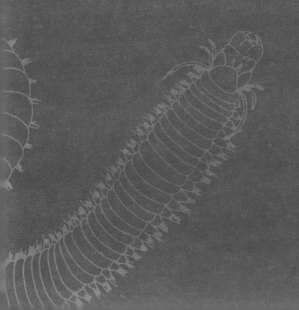

[*Nereis succinea*]

海虫

物美相制，龙畏蜈蚣。

海中产此，惟伏妖龙。

——《海错图》海蜈蚣赞

菜肴名称 Dish name	学名 Fish's scientific name	昵称 Nickname	活动水域 Waters
捣虫汤、炒海虫、炸海虫	Nereis succinea	海虫(一般指沙虫)俗称海蜈、海蛆、海蚂蝗	我国黄海和渤海沿岸多产,太平洋、大西洋沿岸均有分布。

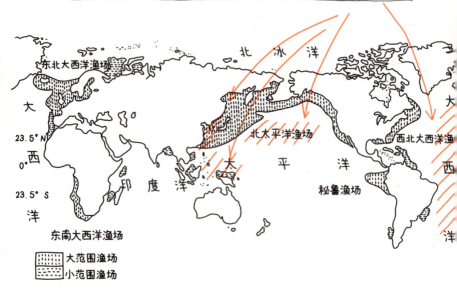

时令风味 Seasonal flavor	好吃部位 Tasty part
每年9月至翌年2月 可根据市场需求 分批上市。	全身

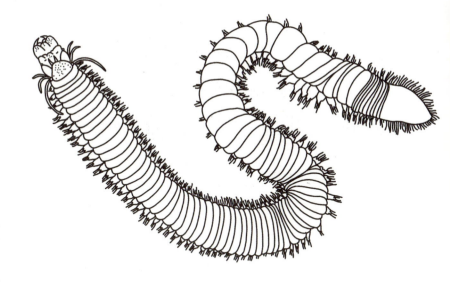

交配方式
Mating mode

　沙蚕多为雌雄异体，无明显的生殖器官，只在生殖前期形成生殖腺，也现体色或形态变化，称异沙蚕体。由于环境（温度、月光等）的影响，性成熟的雌、雄沙蚕个体先后离开栖息地，起伏于海面排精放卵。多个雄性个体围绕雌性个体旋转运动，这种生殖现象称为婚舞。婚舞后，雌雄个体大多下沉于海底死去。有些沙蚕在洞内生殖，雌体排卵后即死去，并被雄体所食。

肉质特征（生/熟）
Meat quality characteristics (raw / cooked)

海虫是鱼、虾、蟹人工育苗和养殖的优良活体天然饵料，也是极好的"万能钓饵"。更是餐桌上的美味海鲜品。入药以后能止痛止痒，在日常生活中，对高发性皮肤病有明显治疗作用。

做法（生/熟）
Cooking method (raw / cooked)

可以直接炒着吃，可以做汤，也可以油炸。食用之前，海鲜沙虫放入淡水吐沙后，用竹筷从尾部插入，将内脏翻出，用清水洗干净。鲜品放入油锅中爆炒，肉脆味丰。沙虫晒干后，又称"龙肠干"，营养甚丰，有开胃明目、养肝补腰、健胃润肠之功用。油炸后酥松香脆，为下酒佳肴。

典型做法评价 *Typical cooking practice evaluation*	🐟🐟 ▱ ▱ ▱
重量 *Weight*	🐟 ▱ ▱ ▱ ▱
鲜美程度 *Degree of delicacy*	🐟🐟 ▱ ▱ ▱
鱼刺疏密度 *Fishbone density*	▱▱▱▱▱
纤维硬度 *Meat fiber hardness*	🐟🐟🐟 ▱ ▱
湿软程度 *Degree of wetness and softness*	🐟🐟 ▱ ▱ ▱
软颗粒感 *Soft granular sensation*	🐟🐟 ▱ ▱ ▱

愿为你上九天揽月

[*Tesudines*]

龟鳖

锡我十朋，何如八足。

以尾数寿，三百可卜。

——《海错图》三尾八足神龟赞

左青右白，龙虎本色。

鳖挂朱衣，代崔之耻。

——《海错图》朱鳖赞

我听朋友戏谑起传宗接代，

会说"搞出人命"。

乌龟和甲鱼生蛋不搞出命都挺刺激的，

前者是龟儿子，

后者是王八蛋。

2021年春天，我在吴俊霖大师的"宴吾心印"春茶宴会上，吃到一道南宋古菜的新奇复刻，那道菜叫"假元鱼"。其实"元"通"鼋"，是鳖类最大的一种，头却很小，古代常见，目前已经濒危。《海错图》中记载："赤者为鼋，白者为鳖，至难死。"也就是说，鼋鳖生命力很强，将鼋和鳖斩断放到汤里，还是会动的，但是它们怕蚊子，叮一下一个晚上就死了。

我想起赴宴路上，董顺翔大师说起现在野生甲鱼很少，"基本都是养殖的，剖出来连甲鱼蛋也没有。而我学厨洗菜的时候，很多甲鱼都有蛋，甲鱼蛋也是佳肴"。我临时放弃了吃王八蛋的奢望，一嗅眼前的"假元鱼"，像真的！假作真时真亦假，现在给我面前放只甲鱼，不明来路的，不如这假得明明白白的！

执念从古至今：龟通灵，鳖补身

从南宋开始爬起

随酒香气调遣书香，我忽然想起孟元老的《东京梦华录》提到过这道菜。宋人风雅，喜欢搞"灵魂烹饪"，那时古人还创制了大量仿荤菜，有假煎肉、假河豚、假元鱼、假野狐等。这时，董顺翔大师笑盈盈在旁，讲解吴大师手中的"假元鱼"借了真甲鱼烹饪时会用到的姜与火腿，那气韵一接触，就给人以心理暗示，再一嚼，简直移花接木，而巧用海参与粉皮胶质的弹性，模仿甲鱼裙边的质感，则最终达成食客嘴里的形神兼备！

我吃"假元鱼"时还在早春，大部分甲鱼还没从冬眠中苏醒，所以也是"不时不食"。苏州人说起吃甲鱼有句老话，叫作"菜花甲鱼樱桃鳗"，指的是每年油菜花开时，甲鱼最为肥美。

袁枚的诗文名扬于苏州，他有一个孤傲的朋友，叫薛雪，曾邀请袁参加扫叶庄水南园的宴饮。这个人是名医，诗文也了得，家里养了一只乌龟，不仅为它筑巢，还学习它吐纳的功夫。薛雪本人道骨仙风，我知道那场宴席肯定是吃不了乌龟的。

名医推崇鳖，袁子才大病在名医手上治愈，《随园食单》也就成了鳖裙下走狗——所记鳖的做法有生炒甲鱼、酱炒甲鱼、带骨甲鱼、青盐甲鱼、汤煨甲鱼、全壳甲鱼等各种卖力花样。

老外吃乌龟会带壳子烤，体重500斤的亚达伯拉象龟，还曾被当过"活罐头"，但多数中国人不能接受，他们偏爱吃甲鱼。甲鱼就是鳖，但此处不能提鳖——"吃鳖喝鳖不谢鳖"让"吃鳖"变得敏感。不过龟和甲鱼在东西方餐桌上都是主菜。

江浙人不免俗，爱保养，主张喝甲鱼汤多过吃肉。袁子才在《随园食单》里，记录了经典汤煨甲鱼的制作方法："将甲鱼白煮，去骨拆碎，用鸡汤、秋油（深秋第一抽之酱油）、酒煨；汤二碗收至一碗起锅，用葱椒、姜末糁之。吴竹屿家制最佳。微用芡才得汤腻。"一想就心驰神往。

全世界龟鳖都在龟鳖目下。目前，据说其中已有大约270多种改走颜值路线，成为观赏类动物；美味还得属中国土著甲鱼。甲鱼分中华鳖、山瑞鳖和斑鳖三种，"鱼"和"敝"联合起来表示"头部的侧视形状像汉字笔画'撇'的一种水生动物"。《物类相感志》称其为"团鱼"，明朝冯梦龙在《山歌》里也有吃团鱼的记载，《随息居饮食谱》称其为甲鱼，湖南称为脚鱼，贵州称为角鱼，湖北叫龟鱼，广东叫水鱼。但对食家来说，鳖只分野生与养殖两种。

甲鱼，饮食行业称之为元鱼、圆鱼、元菜、山瑞，俗语自然就叫作"王八"。甲鱼肉兼具鸡、鹿、牛、羊、猪五种肉的美味，素有"美食五味肉"的美称，我觉得略夸张；但"鲤鱼吃肉，王八喝汤"我是认同的。

甲鱼十月底冬眠，杭州人说要吃就吃"樱桃甲鱼"——樱桃甲鱼的说法是董顺翔大师告诉我的，五月樱桃上季时，正好吃碗口大小的蒸野生甲鱼，肥糯。鳖是水生动物里的美食家，水域内小鱼、小虾、青蛙、蚌肉、螺蛳肉等，不仅都是我爱吃的，竟也是甲鱼的美味佳肴，不过它有时也吃植物种粒，甚至会捕食稍大的鱼类以及其他水生动物。吃得好，味道当然也好。不过"野生"现在已经是传说了，董大师惋惜道，"其实野生甲鱼都是假的，就是养殖时间长一点罢了，比如半年、一年、两年、五年，另外饲料也不一样，原则上吃的都是活食，比如螺蛳小虾小鱼等"。其实不管是菜花甲鱼还是樱桃甲鱼，说的都是甲鱼冬眠苏醒之后的那段黄金时间，夏天一热，就成了"蚊子甲鱼"，会略显消瘦。

我妈妈还记得她小时候，门窗外会有悠长的声音：

喔(鹅)毛,阿(鸭)毛,介鱼寇(甲鱼壳)——那是上世纪六七十年代杭州孩子的记忆。甲鱼壳被收去后会做成强身健体的药丸。杭州人对甲鱼的滋补是有执念的,吃甲鱼狂到连《东京梦华录》《梦粱录》里都记载过甲鱼脱销的盛景。唐代韦巨源当上宰相后,请皇上吃"烧尾宴",席上就有一道"遍地锦装鳖"。宋仁宗召见江陵县令张景时,问及当地膳食,张以"新粟米炊鱼子饭,嫩冬笋煮鳖裙羹"作答,馋得仁宗都没了架子。

20世纪80年代江浙一带的小孩子不缺水鲜肉食,倒觉得尝"酒鲜"有上层的快感,那第一口基本是酒发酵的副产物:甜酒酿。小时候,小区门外常有挑担的伯伯悠悠喊"磨菜刀,甲鱼壳,甜酒酿",这时我就开始"发难"了,外婆就慢慢端着小碗和一块钱出去盛,然后说,囡囡,少切(吃)点,要笨的。我后悔没听外婆的话,导致现在经常写错别字。不过,考试考好了,就有甲鱼吃。听起来,这两件事是矛盾的。

临安(现杭州)是南宋的都城,从北宋的东京(又叫汴州,现河南开封)迁都过来,杭州那时候就有道菜叫鳖蒸羊。现在看来,怪不得河南信阳人烧甲鱼有智慧——里面放酒酿,还把苦胆拿过来当佐料。前面的我能接受,后面的我一开始是怀疑的。

美食家林卫辉曾写文章，提及张澜之在给朱舜水的一封信里写道："万胆皆苦，百胆皆毒，唯水鱼胆鲜润去恶（恶味，引申为腥臭味），虽貌不扬，然揉而腌之……"翻译过来，就是张澜之对朱舜水说，所有动物的胆都不是好东西，不是苦就是有毒，只有甲鱼的胆不错。捏碎了腌甲鱼肉，又鲜又嫩，还没有腥臊味。这是因为甲鱼胆和甲鱼肉能起非常微妙的化学反应，使得甲鱼（特别是野生的）本身的腥臊味一会儿功夫便荡然无存。如果还怕腥臊的话，那就要把甲鱼壳以及腿弯处的肥肉油通通去掉。顺便说一句，野生的甲鱼油是黄色的，养殖的则多为白色。

信阳地区、江淮地区都有用甲鱼胆直接腌甲鱼肉的习惯。我曾看到有大厨把甲鱼清洗干净后，用开水冲烫撕去表面腥皮，然后将甲鱼剁成块和胆汁拌在一起，腌制10分钟再烹制。吃起来，酒酿的醇香与鳖肉的红卤，是绝美的双剑合璧。

董顺祥大师说："杭州人很相信，甲鱼是有力气的东西。甲鱼含有多种复合氨基酸，小时候我吃甲鱼，第二天会精神抖擞，喝老鸡汤也会。"上世纪90年代餐饮行业买野生甲鱼还是很方便的。董夫人待产时，一个礼拜要吃一只野生甲鱼，怀孕到五个月开始减下来，一个月吃两只，到第八个月开始一个月吃一只。

"甲鱼力气最大的部位是头。假如甲鱼肚子朝天，它的头会先顶，把整个身体翻过来。所以要吃头！这跟鳝鱼、鳗鱼不一样，它们是尾巴力气大。"这也是我头一次听说，吃甲鱼讲究的部位居然不是裙边。

钓野生甲鱼，董大师相当有经验，他说甲鱼没有喉结，钓甲鱼要用长的针线。他小时候钓甲鱼，"到西湖里游泳游出30米或50米，然后找拴船的木桩每隔40或者50厘米固定一个钩，第二天早上去收，这叫夜钓，钓上来的都是甲鱼"。用杭州话说，这是"老甲鱼"的做法！

"我们那时候抓的野生甲鱼叫沙鳖，那是一种江河交界汇流处所产的甲鱼，不少水系都有出产。有些是纯西湖里的，有些是从钱塘江、富春江入海的。沙鳖跟野生甲鱼没什么区别，品种不同而已。"董大师说的黄沙鳖其实是中华鳖的地方种，分布于广西、广东的西江流域，是西江水系特有的鳖种。黄沙鳖是鳖中体能健将，体色金黄，裙边宽厚。

杭州人吃江里的野生沙鳖有一段璀璨历史，不过现在也难觅了。

不过养殖鳖做得再怎么好吃，也敌不过一只野生的。市场催生机遇，杭州因此会有一些"野生甲鱼"的黄牛。原因在于很多在野外捕捞鳖的人，比我更清楚佛教徒有一个习惯叫"放生"。为了这件事，我特地研究了下，发现在中国乌龟可能多是用来放生的，凡是经过这个仪式，放生的人就不能再吃乌龟了，这就跟最广泛的美食家——广州人不大吃"鲤鱼"一样。我还听过从前有岭南人吃金钱龟的，后来金钱龟成了保护动物才作罢。

中国人为什么不爱吃乌龟？
灵兽的地位比兔兔还重要！

我养过一只巴西红耳龟，头颈处具有黄绿相镶的纵条纹，眼后有一对红色条纹，那是它的耳朵。它喜阳光，于是我叫它阳阳。西湖里有很多"阳阳"，放生的时候人们很喜欢，因为看起来那红色有鸿运当头的预兆。

宝中宝食府的老板方跃良告诉我，杭州庙宇多，很多虔诚信徒会来放生，生物中就会夹杂譬如东南亚的鳄龟。这种龟繁殖迅猛，几天就能称霸池塘，原因是贪吃。"我不知道灵不灵，但这种龟的繁殖能力很强，不久这条河里的生态就破坏了。我有次曾在工地上看到一个老人家在卖这种龟。但它确实肉质不好，没法吃。"

还有人放生珍珠鳖的，那家伙又叫佛罗里达鳖，因背部靠近脖子处有一颗颗类似珍珠的凸起小颗粒而得名。这家伙长得特别快，容易让人有恻隐之心，反正有人说这是"便宜洋鳖"冒充"野生土鳖"，我听着不明觉厉。不过，很多人刚在艮山门放生，就有水产商人在火车站附近去钓。这乌龟等于游了个泳洗了个澡，就进锅子了，顺便尝了下人间的快意恩仇。

但我挺体谅那些在不远处的"渔翁得利者"。虽说甲鱼在水底号称"霸王"，但它们胆小，稍微有点动静就会逃之夭夭，躲藏在水底。因此捕龟鳖得有十足的耐性。钓龟鳖，一般老手会放十个左右的钩子，用活体的泥鳅作饵，乌龟会循着血水来找；甲鱼也喜欢血腥，老渔民用猪的肝脏作饵多一些。乌龟素荤都吃，甲鱼虽没有牙齿，却是肉食性动物，它坚硬的牙床能够碾碎各种食物。看来两兄弟在饮食起居上还是比较异曲同工的。

家里老人有时候会说"吃长寿的东西是要折寿"的，我现在想想是食物链的金属与放射物质富集问题，更高层食物链的生物，或者更长寿的，吃的总量多，当然风险更大一些。

鳖也曾有过作圣神的历史，《北户录》称之为"神守"，《中华古今注》称之为"河伯从事"，但恐怕是太好吃了，影响了升仙。

古时巫医不分家，在知识匮乏的时候，人们往往用"神"来解决一切问题。

古人认为长寿的乌龟是有灵性的，古代有很多吉祥词儿都跟乌龟有关，比如"龟寿"。一般来说乌龟这种灵兽最短也能够活个二十年，而寿命较长的乌龟，至少可以活上个一两百年。很少听说中国人吃乌龟，我想或许也与古代对龟甲的占卜心怀敬畏有关。

龟在远古时代被称为玄武，是上古神兽之一。由于龟背纹路非常特殊——中央有3格，旁边有24格，龟壳底部有12格，跟八卦中的一些理论正好吻合，所以龟壳就成了古代重要的占卜工具。每当有重大事件发生，不管是娶妻生子，还是行军打仗，古人都习惯于用龟壳占卜的方式来预测一下是吉是凶。不管怎样，"乌龟背冒汗，出门带雨伞"，能预知个天气就已经很神奇了。

古代人用龟壳占卜有一种最原始的方法，就是先在龟壳上写下占卜的事情，字数越少越好，然后把龟壳放在火上烧，一直烧到龟壳裂开的时候再取出来。如果龟壳上的裂痕没有波及所写的字，说明是吉兆，如果字有了裂痕，说明是凶兆。

只是，我不明白，不吃乌龟肉，哪来那么多占卜用的龟壳……

龟鳖交配的SM倾向
你愿不愿意，我都愿意！

我爱的日本漫画家藤子·F.不二雄有一则邪典漫画，叫作《异色》，里面有一则故事讲到中国古代有句谚语叫"盲龟浮木"，指的是住在深海底的巨大盲龟，几千年几万年才升上海面一次，海面上偶然有浮木漂流，而盲龟正好将头伸进浮木的洞孔里。这谚语说的是难以相信的偶然性。

每种偶然，其实结果都早已书写。

我喜欢看海，最偶然的一次，是看见日本富山湾海域的"海火"。能想象一大片海水发蓝光吗？悠长的海岸线简直要绵延到宇宙去，似乎世界的沙漏倒了一次，又好像星辰掉进海里，我感到脚踩的沙子是阿凡达家的，要不就在火星上。后来我才知道，这也叫"火星潮"，发光体来源于一种叫作萤火鱿鱼的磷光生物，海龟这时候会成群结队来吃荧光鱿鱼，自觉成为光源的一部分。除了这种发光鱿鱼，还有水母、虾、藻类等，都是海龟的爱，它们也可以发光。

这就完美解释了《海错图》里那句"鲎蟹龟鳖螺蚌蚶蛤鱼虾负火"。《海错图》这幅画中有各种海洋小生物，每只背上都燃着一股火焰。聂璜解释："闽中有一种小鱼虾，晦夜有光如萤。而南海之鲎蟹等，夜间在海滩，一一皆有一火。渔人每取一火，则得一鲎蟹之属。盖海中实有火也。屈翁山《新语》云：海中夜行拨棹，则火花喷射。故元微之送客游岭寺有'曙朝霞睒睒，海火夜燐燐'之句。"虽然美，但按日本的老话，这一般出于海底地壳运动或者是海水污染的原因。日本人下村侑也对这个现象痴迷，他荣获2008年诺贝尔化学奖，就是因为查清了水晶水母的发光机制。原来，水母体内有一种叫埃奎明的蛋白质，当这种蛋白质和钙离子混合时，就会发出美丽而危险的荧光。

如果这火刚好燃烧在秋天，那就更禁忌了——这恰巧是海龟交配的时节。雄乌龟交配前，会闻心仪母龟的下体，然后用龟壳撞母龟，尝试征服它，还会用前爪来回拍雌龟的头，要么就用喙猛啄一下，试探雌龟的心。雄龟的举动貌似在"强奸"，前戏表现得一点都不温柔绅士。体型较小的乌龟交配时间较短,可能只有几分钟。而体型较大的乌龟交配时间较长,可达一个小时。这时候雌龟如果有灵性,喊一句"不要",应该是真的。

要不是发光水母柔软了时间,看着两个硬碰硬的壳子歪着叠在一起,卡住那么久,感觉挺疼的。民间传说中描述雌鳖可以与蛇或鼋交配,所以每次想到巨蛇颈龟的时候,我都会觉得它的祖先老人家也有相同癖好。这让我对乌龟与鳖之间的关系产生了深深的怀疑。

《海错图》中的"海和尚",一副鳖与龟合二为一的"龟仙人"样子,看着就是一个历史的混血。"康熙二十八年,福宁州海上网的一大鳖,出其首,则人首也。观者惊怖,投之海。此即海和尚也。""海和尚"跟现实中的棱皮龟挺像的,后背没有角质的甲片,没有骨壳,而是包了一层革质的皮肤,与其他海龟截然不同,不知道的人也许真的会以为是个大鳖。"鳖身人首而足稍长"的描述虽然带了一点想象,但大致也符合"意会"的样子。棱皮龟主要以水母和其他柔软体形的猎物为食,大部分时间都待在更深的水里,它们的牙齿非常适合捕捉水母,每天能吃掉大概500公斤——我想想吃那么多灯泡,自己不亮都难。

它们棱皮龟还有一件有趣的事：刚出壳的小龟性别是由气温决定的，温度高时，就发育成雌性，温度低时就变成雄性。我还在泰国野生动物园看见过一群鳖在河马背上晒太阳——龟鳖都是要晒太阳的。甲鱼和鱼类一样都是变温动物，水温升高甲鱼才开始交配、吃饭、游戏，水温降低（通常在15℃以下）甲鱼就可能进入冬眠状态，不再进食。不过，温度高于32℃时甲鱼也会感到炎热，它们会寻找阴凉处躲避炎热。所以春秋两季它们的交配活动最频繁。

这挺合理的，温度高带来更丰富的食物，雌鳖才有体能孕育下一代。雌鳖体积一般比雄性大，部分可以达到一倍以上。这就导致在水中交配时，雌鳖一挣扎，"骑大象"的雄鳖就无法招架。于是雄鳖一般会死命咬住雌鳖的一个前爪。那孤注一掷的王八嘴，咬起来可不是一般的疼。

我看过雌鳖驮着雄鳖，一副生无可恋自动巡航的样子，孤独得像海上一台马达坏掉的游艇。况且，鳖是一种通过口器排泄体内废物的动物，水面上会有鳖吐出的津液（叫鳖津），后面还有鳖精，双份！五大三粗的雌鳖那受惊的样子，太正常了！

我是被阳阳咬过的！阳阳已经算是命贱又温柔的草

龟、巴西龟类的了，虽然它没有家住澳大利亚、眼睛鼻子都是紫色的"玛丽河龟"那么特别与名贵，更不比生活在墨西哥湾和北大西洋的石鳖，有着金刚狼一样的黑色金属牙齿，可以大嚼藻类覆盖的岩石，但我被咬过的这次仍然可以记好多年。肉食性龟类，为更加精准地猎杀食物和嚼碎甲壳类动物的硬壳，而配备的那些非常尖锐的钩状上喙和有力的下颌，像大鳄、小鳄和鹰嘴，让我不寒而栗，只是看见它们，我就已经萌生了被咬掉一块肉的被害妄想。

棱皮龟的嘴里有一个密密麻麻的牙床，整个牙床里全是牙——被咬是要断根手指的样子！据说太平洋里这个品种快要灭绝了，我觉得这也不能完全怪环境——雄性这个样子，应该没有雌性享受和它做爱。

好在现在乌龟普遍都没有牙（除了棱皮龟），我就放心了。但有些史前龟类是有牙齿的，而且它们在出生的时候，鼻尖处会有一枚小小的突起，勉强也算是一颗"牙齿"吧。这颗乳牙叫破卵齿，是为了更好地顶开蛋壳而存在的，会随着幼龟成长而脱落。

除了冬眠，鳖在交配的时候，也是一生中最脆弱的时候。

甲鱼会靠岸产卵，5—8月是甲鱼产卵期。因为比较胆小，甲鱼会选在安静的后半夜靠岸掘洞产卵。聪明的老渔民知道这时甲鱼就沉在附近，于是会下水用手去摸或用脚踩。摸到或者踩到甲鱼后，再用拇指与食指抠住甲鱼两只后腿与腹部的结合处——这两处凹坑是它的弱点。

用杭州俚语说，这渔民就是"老甲鱼"。再老道世故一点，就要说"裙边拖地"。一些杭州日常俚语都是从"老甲鱼"的"老练"演变而来的，如"老脚光""老�***光""老具"等。说起甲鱼，杭州人好像对它有一种特殊的感情，爱到连自己都成了"甲鱼"，比如"本塘甲鱼"就是专门称呼土生土长的杭州人的。但这是演化过了的爱称，海里的大鼋其实非常狡猾凶猛。《海错图》里记载，人在海里游泳时常被吃——"人肾明如灯，故能招引至也"。古代鼋在岸边会装傻不动，人们洗衣服时就以为那是块石头，趁人不戒备它就会把人拖进海里吃掉。而那时候人们也很喜欢喝鼋鳖汤，真是人与自然互相依存。

福建人吃的甲鱼汤是遵照古法的，我个人觉得更滋补。本土杭州人更信奉口感，爱吃甲鱼"裙边"，其实更享受。南唐时代有位谦光和尚最爱吃鳖裙，却很难吃到，才有"烧鹅而恣朵颐，且愿鹅生四掌；炮鳖而充嗜欲，还思鳖著两裙"的贪念。

杭州喜欢吃生炒甲鱼多一点，想吃时我一般会去方老板家的宝中宝食府。"甲鱼有一点好，不吃饲料，而河虾、泥鳅、黄鳝基本都是饲料养殖。我一般会用安徽甲鱼，因为那里流水的水质好。"方老板解释道。我始终相信，食物由诚挚的人来做很重要。

方老板总是会叫我吃雄甲鱼，我说："性别歧视吗？""雌甲鱼万一有蛋就不好了。"他笑说。

我明白了，水生物种确实有性别歧视，好像黄鱼是母凭子贵的，十月黄鱼爆满鱼籽，又有丰厚脂肪，这个时候最好。甲鱼却相反，也可以理解。

"为了品相我们不收母甲鱼，因为肚子里有蛋。母甲鱼比公的便宜，如果公的50元一斤，母的就是40元。"杭州海鲜大佬余军强告诉我。

活甲鱼的雌雄很好认：甲鱼尾部超出背壳的为雄性，反之为雌性。但烧好的甲鱼，很少有人会深究尾巴在哪。

余军强回忆起自己开摩的送货的年代："1993—1994年，河蟹都卖不光，那时通信不发达，道路很差，鳜鱼、鲈鱼、黄鳝、甲鱼等，都没有养殖，也没有养殖业，对龙虾连概念都没有。那时候杭州龙翔桥（市中心）酒席不一定要吃海水东西，虾肯定选河虾，甲鱼一定选野生。那时一个晚上我能逮五六只甲鱼。条件很艰苦，但东西好。"

现在我去参加喜宴，常见人走的时候，桌上甲鱼还剩着。有人说，养甲鱼会用避孕药，这样母的也像公的一样肥，还有一种说法是，母甲鱼会直接发育成公的。

中国人都爱说"早生贵子"。

那全是儿子，谁生儿子呢？

菜肴名称 *Dish name*	学名 *Fish's scientific name*	昵称 *Nickname*	活动水域 *Waters*
清蒸甲鱼、 红烧甲鱼、 清炖甲鱼	Tesudines	甲鱼、 水鱼、 团鱼	遍布多大洋

北冰洋

东北大西洋渔场

大

23.5°N

0°西

23.5°S

洋

印 度 洋

太

北太平洋渔场

平   洋

秘鲁渔场

西北大西洋渔场

大

西

洋

东南大西洋渔场

大范围渔场
小范围渔场

时令风味 *Seasonal flavor*	好吃部位 *Tasty part*
甲鱼有冬眠的习惯，所以夏秋时节吃得肥胖准备过冬时，最为肥美。	鳖肉、鳖头可食用，鳖胆、鳖卵、鳖脂、鳖血、鳖甲有药用价值。

交配方式
Mating mode

雄性有交配器，卵生，水栖者卵也产在陆地上，并在陆地上发育。雌雄鳖在水中经发情追逐后，大多在夜里上岸交配。繁殖季节为5—10月，此期雄性的颜色特别鲜明。体内受精后，雌龟用后肢掘土成穴，在穴中产卵，然后覆以沙土，靠自然孵化。

孵化期随气温而有异，越冷时间越长。

海产龟类能从数十里外返回出生地交配产卵。

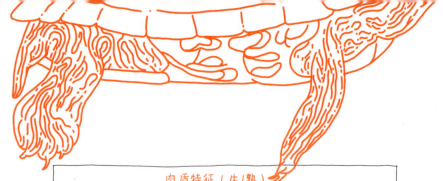

中国普遍把鳖作为上选的珍品，
且用作食疗的滋补食品。
鳖肉紧实鲜美，尤以裙边富含胶质。

甲鱼宰杀后，洗净去粗皮，斩块后即可
用于清蒸、红烧、爆炒等。甲鱼的胆被
称为香胆，将甲鱼胆汁取出，放入碗中
用水稀释后涂于甲鱼的全身内外，然后
用清水冲洗净，这样做熟的甲鱼味道
会更香且没有腥味。"清炖甲鱼"是陕西传
统菜肴，以甲鱼为原料，配以火腿、鸡腿、
香菇等炖制而成。

典型做法评价 *Typical cooking practice evaluation*	🐟🐟🐟 ◁ ◁
重量 *Weight*	🐟🐟🐟🐟 ◁
鲜美程度 *Degree of delicacy*	🐟🐟🐟 ◁ ◁
鱼刺疏密度 *Fishbone density*	◁—◁—◁—◁—◁—
纤维硬度 *Meat fiber hardness*	🐟🐟🐟🐟 ◁
湿软程度 *Degree of wetness and softness*	🐟🐟 ◁ ◁ ◁
软颗粒感 *Soft granular sensation*	🐟🐟 ◁ ◁ ◁

老公壮士断腕，老婆英雄母亲

[*Octopodidae*]

章鱼

以须为足，以头为腹。

浣溺水面，雀不敢目。

 ——《海错图》章鱼赞

菜肴名称 *Dish name*	学名 *Fish's scientific name*	昵称 *Nickname*	活动水域 *Waters*
白灼章鱼、 芥末章鱼、 红烧八爪鱼	Octopodidae	八爪鱼	广泛分布于世界 各地热带及温 带海域

东北大西洋渔场

北 冰 洋

大

23.5°N

西

0°

23.5°S

洋

印 度 洋

北太平洋渔场

太 平 洋

秘鲁渔场

西北大西洋渔场

西

洋

东南大西洋渔场

大范围渔场
小范围渔场

时令风味 *Seasonal flavor*	好吃部位 *Tasty part*
冬季，1—3月。	内脏、软骨、 眼睛不能吃， 其余部位都 可以食用。

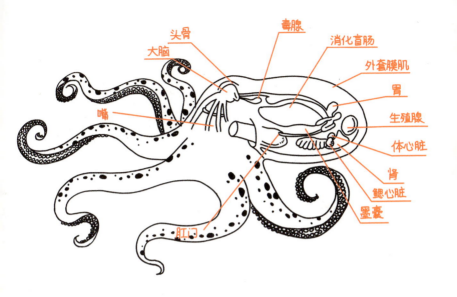

大脑　头骨　毒腺　消化盲肠　外套膜肌　胃　生殖腺　体心脏　肾　鳃心脏　墨囊　肛门　嘴

交配方式
Mating mode

章鱼雌雄异体。雄体具有一条特化的腕，称为化茎腕或交接腕，用以将精包直接放入雌体的外套腔内。雌章鱼一生只生育一次，产下数百至数千个卵，藏于自己的洞穴之中。在孵化期间，雌章鱼寸步不离地守护着洞穴，不吃不睡，不仅要驱赶掠食者，还要不停地摆动触手保持洞穴内的水时时得到更新，使未出壳的小宝贝们得到足够的氧气。小章鱼出壳的那天，母章鱼也就完成了自己一生的职责，精疲力竭而死去。

伟大的母亲！

肉质特征（生/熟）
Meat quality characteristics (raw / cooked)

生食爽脆鲜嫩，熟吃肉质富有弹性，
活吃章鱼可感觉到爪上吸盘的存在。

做法（生/熟）
Cooking method (raw / cooked)

可油炸，可烤制，可腌制，可生吃，还能
炒着吃。在闽南等地比较有特色的吃
法可能要属白灼章鱼了，佐上沙茶酱
或芥末酱，令人非常有食欲。脱水吹干后
可得到有利于储存的章鱼干，是熬汤的
极好食材。

（5分）（5 points）

典型做法评价 *Typical cooking practice evaluation*	🐟🐟🐟◁◁
重量 *Weight*	🐟🐟🐟🐟◁
鲜美程度 *Degree of delicacy*	🐟🐟🐟◁◁
鱼刺疏密度 *Fishbone density*	◁◁◁◁◁
纤维硬度 *Meat fiber hardness*	🐟🐟🐟🐟◁
湿软程度 *Degree of wetness and softness*	🐟🐟🐟◁◁
软颗粒感 *Soft granular sensation*	🐟🐟🐟◁◁

睡觉爱打洞洞

[*Loligo chinensis* ⟨枪乌贼⟩]

[*Ommastrephes bartrami* ⟨柔鱼⟩]

鱿鱼

卑为锁管，须为锁簧。

锁管嫌软，锁簧嫌长。

——《海错图》锁管赞

菜肴名称 *Dish name*	学名 *Fish's scientific name*	昵称 *Nickname*	活动水域 *Waters*
滚水爆鱿鱼、 水煮小管、 铁板鱿鱼	Loligo chinensis (枪乌贼) Eel oceanic aquid (柔鱼)	躯干部较肥大的 叫"枪乌贼"; 躯干部较细的 叫"柔鱼", 小的多叫"小管"。	主要分布于 热带和温带 浅海

东北大西洋渔场

北 冰 洋

大

23.5° N

0°

西

23.5° S

洋

东南大西洋渔场

北太平洋渔场

印 度 洋

太 平 洋

秘鲁渔场

西北大西洋渔场

大

西

洋

洋

|▦| 大范围渔场
|⋯| 小范围渔场

时令风味 *Seasonal flavor*	好吃部位 *Tasty part*
以5月和8月为佳。在谷雨前后，随着逐渐成熟的鱿鱼到浅滩等地洄游产卵繁殖，便有四月八鱿(四月初八谷雨前后)的俗称。而在8月前后，鱿鱼会聚集在台湾浅滩一带海区产卵，所以也有暑鱿的说法。	全身

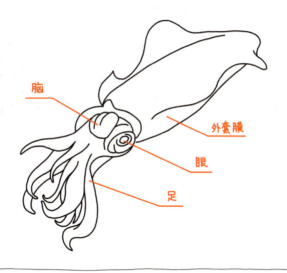

脑
外套膜
眼
足

有些鱿鱼会将产下的卵囊放在珊瑚上，
有些雄鱿鱼会在雌鱿鱼身上打洞，用
它的尖嘴和触手上的利爪在雌性身上
撕开5厘米深的口子，然后用专门用来
交配的附肢把精荚放入雌性的伤口中。
甚至使用本身会挖洞的精荚，它可
能会分泌某种可以融化鱿鱼身体组织
的酶。每到春季产卵时，成群的鱿鱼游
到近岸产卵。卵都被包被在一个棒状的、
透明胶质鞘内。常有很多棒状卵鞘基
部联在一起，附着在岩石或其他物体上。

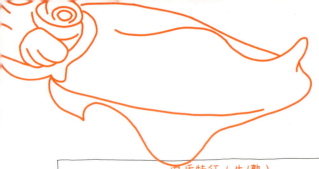

肉质特征（生/熟）
Meat quality characteristics (raw / cooked)

肉质柔嫩弹牙，鲜味浓重。

做法（生/熟）
Cooking method (raw / cooked)

首先，把眼睛、嘴里的两片牙齿，肚里的内脏，还有背部透明的"脊柱骨"都处理掉，再把表面的一层黑膜撕掉，洗净，可爆、炒、烤、烧、炝、焖多种烹法，制成鱿鱼干清水泡发后炒食或煲汤，吊鲜一绝。

典型做法评价 *Typical cooking practice evaluation*	🐟🐟🐟🐟🐡
重量 *Weight*	🐟🐟🐟🐡🐡
鲜美程度 *Degree of delicacy*	🐟🐟🐟🐟🐡
鱼刺疏密度 *Fishbone density*	🐟🐟🐟🐟🐟
纤维硬度 *Meat fiber hardness*	🐟🐟🐟🐟🐡
湿软程度 *Degree of wetness and softness*	🐟🐟🐟🐡🐡
软颗粒感 *Soft granular sensation*	🐟🐟🐟🐡🐡

为
爱
死
而
后
已

[*Vampyroteuthis infernalis*]

墨鱼

一肚好墨，真大国香。

可惜无用，送海龙王。

——《海错图》墨鱼赞

菜肴名称 *Dish name*	学名 *Fish's scientific name*	昵称 *Nickname*	活动水域 *Waters*
白内墨鱼、 大烤目鱼、 雪菜炒墨鱼	Vampyroteuthis infernalis	乌贼、 目鱼、 花枝	市布于世界各大洋, 主要生活在热带和 温带沿岸浅水中,冬 季潜近至较深海域

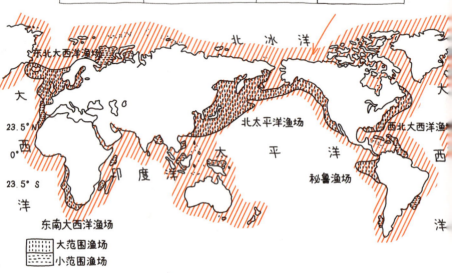

北冰洋

东北大西洋渔场

大

23.5°N

0°西

23.5°S

洋

印度洋

北太平洋渔场

太　平　洋

秘鲁渔场

西北大西洋渔场

西

洋

东南大西洋渔场

大范围渔场
小范围渔场

时令风味 *Seasonal flavor*	好吃部位 *Tasty part*
4月 是最肥的时候	墨鱼的肉可食,墨囊里边的墨汁 可加工为工业所用,墨囊也是一种 药材。墨鱼壳,即"乌贼板",当药 叫"乌贼骨",是中医上常用的药 材,称"海螵蛸",是一味用于制酸、 止血、收敛之常用中药。

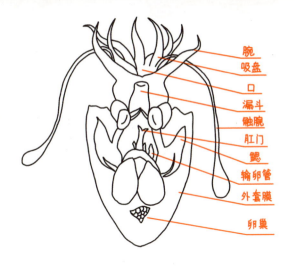

腕
吸盘
口
漏斗
触腕
肛门
鳃
输卵管
外套膜
卵巢

交配方式
Mating mode

雌雄异体，生殖为体外（外套腔）受精并直接发育。
产卵前雌雄交配，即雄性以茎化腕将精荚送入
雌体外套腔中，精荚破裂，释放出里面的精子，
精卵在外套腔内受精。交配后不久，雌性即排出
受精卵，成串聚集一起，表面黑色，粘于外物上俗
称"海葡萄"。墨鱼优先考虑的是产房的安全性，所
以会在珊瑚礁四周观察一段时间，精挑细选后，
才会安心地把卵放进珊瑚里。雌墨鱼寿命很短，
只有约一年，终其一生产卵1次，产完卵后随即死亡，
由雄墨鱼负责照顾下一代。

肉质特征（生/熟）
Meat quality characteristics (raw / cooked)

肉质略微结实，味感鲜脆，具有较高的营养价值，而且富有药用价值。

做法（生/熟）
Cooking method (raw / cooked)

将墨鱼表面的一层黑皮撕掉，把墨鱼背脊上一根白色的骨头抽出，用剪刀剪开墨鱼，取出里面的内脏。将墨鱼冲洗干净后，撕掉墨鱼裙边和内壁上的薄膜，处理好以后用水冲洗干净改刀后，常爆炒或红烧。制成墨鱼丸，闽南地区叫"花枝丸"，会加入草鱼肉、马蹄碎等等。除了墨鱼丸，墨鱼饭和墨鱼面也是独具特色的墨鱼产品。

典型做法评价 *Typical cooking practice evaluation*	🐟🐟🐟🐟🐠
重量 *Weight*	🐟🐟🐟🐠🐠
鲜美程度 *Degree of delicacy*	🐟🐟🐟🐟🐠
鱼刺疏密度 *Fishbone density*	🐠🐠🐠🐠🐠
纤维硬度 *Meat fiber hardness*	🐟🐟🐟🐟🐠
湿软程度 *Degree of wetness and softness*	🐟🐟🐟🐠🐠
软颗粒感 *Soft granular sensation*	🐟🐟🐟🐠🐠

连天鹅都想吃的蛤蟆

[*Ranidae*]

蛙

葛仙炼丹，遗有竈窝。

炭火如拳，变为虾蟆。

——《海错图》朱蛙赞

夏天到荒草恣意生长的山区田间，

雄蛙求爱的声音近于哀歌般悠长，

造物主这个乐队指挥，

从不介意混乱与单纯同时发生，

那此起彼伏，

默契如一台即兴交响乐。

我忽然明白那个暧昧的词"和谐"。

那时候，我以为造成"蛙鼓如潮"的是语文书里写的那个字面原因："热"。现在看来，那是蛙田里犯错的时节。大雨过后，池塘与沼泽里焦灼的小眼睛突然亮了，腮帮子不约而同被青草香撩起，如两颗忽大忽小的透明睾丸，这是野外才有的性感。

每年五月到八月，冬眠后补充好体力的雄蛙，此时正心急如焚地集体求偶，不知道多少人曾咏叹这"小夜曲"。雄蛙擒住通常比它们个头还大的雌蛙，一开始，并没有什么你情我愿——雄蛙用前肢紧搂住雌蛙，给出一个劫匪式"爱的抱抱"，雌性的躯干前部连带喉咙是被"掐住"的。雄性的前脚上具有特殊的婚垫，那是雄蛙第一指内侧膨大的肉垫。婚垫上富有腺体和角质刺，分泌物和角质刺起到加固拥抱的作用。（石鸡胸部甚至有黑色棘刺，可增加摩擦力以便更好地牵制住对象。）雄蛙是爱的施虐者，雌蛙此时应该能对"负荆请罪"感同身受。万一关键时刻有其他雄蛙来强拆，第三者最好量力而行，因为越拆，原配雄蛙为爱勒得越紧，极易酿成情杀。

雌蛙也是火爆的新娘。抱对是常规操作，但雌性身上也有可能出现不止一只雄性，如果太多雄性加入，雌性则会被完全淹没。她们虽然没有声腺把雄蛙吼开，但也会奋不顾身甩掉对方并拒绝产卵。雌蛙与雄蛙是真正的露水夫妻，雌蛙排卵时雄蛙同时排精，交配完就说再见，让正在发育的宝宝自生自灭。

青蛙的繁殖能力是小时候玩过小蝌蚪的人有目共睹的。我七八岁时，即使在我家这种苛刻条件下——有家猫掏鱼缸，有我这种懒猫不换水，还有一家子虎视眈眈等着吃青蛙，我还是毅然把睡莲缸子里的蝌蚪养成了青蛙。最后，放回田里那天，"你们自由了"，我豁达地说。爸爸咽着口水："没有人吃它们就好了。"

古代虾蟆，是青蛙和蟾蜍（癞蛤蟆）的统称，"虾"又写作"蛤(ha)"，细究起来，其别称也很多，如蛔氏、鼃等。宗奭说："鼃，后脚长，故善跃，大其声则曰鼃，小其声则曰蛤。""鼃"就是青蛙，声音高亢清亮，"蛤"也就是癞蛤蟆，声音低沉浑厚。但我觉得还是有必要"蛙以吃分"一下。

癞蛤蟆虽然全身是药，但布满毒腺，没病还是别吃了。大部分青蛙也是不能吃的，因为即使没有农药，其肉里也有孟氏裂断涤虫，吃了有导致失明的可能性。所以有一种说法是，吃青蛙要等到秋收之后，因为那时农人不下农药了。就体形而论，牛蛙和青蛙就相当于一个相扑运动员和一个体操运动员那么好认。牛蛙因叫声洪亮如牛得名，在南方人们常瞎叫它"田鸡"，但人家是北美蛙氏。一方水土养一方蛙，其肉质就比较肌肉型。

以前法国人是不吃牛蛙的，因为不知道怎么烹饪，觉得乏味，结果从1968年引入后，牛蛙泛滥成灾。北美的印第安人则将蛙视为水体的保护神，管住了嘴。

1959年，牛蛙经古巴引入我国，仅干湿两道——"干锅牛蛙"加"水煮牛蛙"——就让蛙声变得很虚弱！楠溪江的水煮牛蛙，吃到肉的时候是甜的，自然解辣。

老外跑到国内，也开始吃牛蛙。我有次在上海半岛酒店的艾利爵士餐厅，吃到了浓鸡汤奶油牛蛙腿，酿了松露芝士，油脂和蛋白醇厚度加倍，茴香根脱水变脆，苘萝叶子清香，一点点辣椒酱把味觉亮度提升，高级的好吃。

但其实在牛蛙这大家伙移民中国之前，我们就有"田鸡"了。李时珍曰："南人食之，呼为田鸡，云肉味如鸡也。"田鸡，又叫青鸡、坐鱼、蛤鱼。严格来说"虎纹蛙"才是真正意义上的"田鸡"，青蛙则是黑斑蛙。古人在觅食蛙类的过程中，还发现了一种隐藏在深涧峡谷及山区岩洞中的巨型"虎纹蛙"，又叫"石蛙"，南方人称其石鸡。它的肉质之鲜美，超过了所有同类，因此从宋朝开始，石蛙就被视为食界精品，列入名馔之中。

历史上曾有数次禁捕蛙，但几乎都以失败告终，主要是人类比害虫还猖獗。但这也不能怪人类，谁叫蛙太好吃了。蛙在中国历史上一直是平民美味，不过雌林蛙的输卵管除外，那叫蛤蟆油，也叫雪蛤，是产妇的恩物，清朝时是贡品，在满汉全席里也是一道名菜，入得了中八珍。

"爱不爱吃蛙"这件事直接影响到我对唐代中期大诗人韩愈的喜爱。之前我认为能写出"天街小雨润如酥"的人，美食上一定是有鉴赏力的，谁知道他贬居潮州时写《答柳柳州食虾蟆》给柳宗元，说"余初不下喉，近亦能稍稍。常惧染蛮夷，失平生好乐。而君复何为，甘食比豢豹"。也就是说，柳宗元大吃特吃青蛙，韩愈不理解，觉得村姑被看成天仙，他说的"豢豹"指的是豹胎。《金瓶梅》里的龙肝豹胎是珍馐，龙肝是鲤鱼的胰腺，豹胎是母兔子的生殖器。那在味觉上的欢愉，一定没有蛙给得多。柳宗元可是写下"永州之野产异蛇：黑质而白章，触草木尽死"的人，应该早就明白石鸡难捕，毕竟好吃的石鸡是和蛇同居的。平时这俩邻居是天敌，但洪水泛滥时，蛙能爬上蛇背，互救出逃，场面简直媲美老鼠背粮。

唐代韦巨源留下的"烧尾宴"食单，记录下了当时烹饪的最高水准，其中有一道"雪婴儿"，又叫"治蛙豆荚贴"，主料就是青蛙。越人的食物，在唐朝时是绝上不了皇室餐桌的，因为被看作下等的"蛮夷之风"。食单里出现这道菜，只能说明因为实在太好吃而妥协了。

到了北宋，北方的中原人常常笑话福建、浙江、湖北、湖南人贪吃蛙。当时就有很多钱塘人以捕蛙为业，一夜所捕，成千上万。沈文通（沈括的哥哥）到钱塘任官时，把捕蛙禁了，他离任后，百姓照吃不误。南宋时，有一位名叫叶绍翁的文人，他在自己的笔记《四朝闻见录》里记录宋高宗时杭州民间流行吃蛙，但皇后是很作的"不许吃兔兔"女，觉得蛙像人，于是吹枕边风让老公下禁令，结果真成了。对于蛙的食物功效，《太平广记》也给了极高评价："蛙，食之味美如鹧鸪，及治男子劳虚出。"我觉得娘娘仔细研读之后，大概会后悔当初的决定。

但，我过虑了，朝廷虽禁止民间食用青蛙，宫中却不禁。宋高宗赵构去世后，至次年，即淳熙十五年（1188年），经水路将棺椁由临安运往绍兴府上皇山麓安葬，据会稽知县云："内人每顿破羊肉四百斤，泛索尤难应付，如田鸡动要数十斤。"娘娘们大概因老公死了，一吃解千愁，反正胖了也没人嫌。

南宋末年，陈世崇刚好捡到《玉食批》中皇帝每日赐给太子的菜单。菜单中罗列了美食三十余种，如酒醋白腰子、三鲜笋炒鹌子、烙润鸠子、酒炊淮白鱼，里面赫然有"炒田鸡"。

官家放火，百姓也要点灯。吃货是最善于急中生智的——杭州的小贩们剖开冬瓜，去掉瓜瓤，把青蛙塞到了里面。南宋时小吃外卖服务已经盛行，只要跟商贩当面订好，装着青蛙的冬瓜就会被按时送到门口，称为"送冬瓜"。南宋有一位诗人，名叫黄公度，他曾经在福建为官，有一天吃青蛙的瘾犯了，又不能直说，就对下人们说："你们去给我买坐鱼！"下人们一听傻了，坐鱼是什么？有一个名叫林执善的聪明人听到了，笑着说："世上没有什么坐鱼，坐鱼就是青蛙！"他也因此得到了重用。

做规矩和守规矩的，都在破规矩，这跟我经常叫嚣的减肥竟然如出一辙。

到了明熹宗这儿，蛙的调味到了炉火纯青的地步，美蛙腿远远超过美人腿的吸引力。明代《竹屿山房杂部》中，记录了好几道田鸡的烹制方法，如酒烹田鸡、辣烹田鸡、田鸡饼子、烘田鸡、腌田鸡、沃田鸡、田鸡炙、田鸡鼓等。烘田鸡最符合现代烧烤的口味：每斤用盐四钱，腌一宿，涤洁，炼火烘燥，用则温水渍润，退肤辣烹，令人垂涎欲滴！

古法的我没吃到过，但成都李欣欣的钩尖江湖·原生鱼味道研究所里，我曾吃到奇味的麻辣牛蛙，用的是木姜油调味。

也许是出于环保考虑，也可能慈禧认为蛙有"女娲"的图腾意思，清代官府又禁止捕蛙，每年蛙鸣时节都会出示禁令："捉取笼以入市者，有罚。"到了清末，上海租界也不时出示告示："田鸡一物，俗名跳鱼，原有护谷之称，向例禁止人食。"但让老百姓马上不吃椒麻鲜香的"炒樱桃肉"（炒田鸡腿），好像有点困难。

袁子才也喜欢吃蛙，他的厨子曾自作聪明把蛙皮剥去做菜，袁气极骂道："劣伧真不晓事，如何将其锦袄剥去，致减鲜味！"这跟大鱼徽州的老板曾兴说的一致："石鸡很奇特，如果把它的皮撕掉，这道菜就废了，所以宰杀活石鸡不能去皮，皮是精髓。"

所以传说中那个吃青蛙的残酷方式——把青蛙投入沸水中，青蛙被烫后，急跃出，却让身上的皮剥落，只剩蛙肉，此种吃法称为"脱棉袄"——既残忍又不好吃。我宁愿吃成都的跳水蛙，吃完嘴唇会跳就行，不用蛙跳！另外，我吃过湖南侗族的蝌蚪汤，也黑暗，后悔至今。

曾兴给我看石鸡的小蝌蚪，那是他放养在溪水里的。石鸡是比较有名的安徽菜，曾兴说那是他小时候的记忆，不想抹去。

石蛙古名石鳞鱼，又名石轮鱼、石撞、石鸡、山蛤、石蛤、山犷、石犷，此外还有许多地域性的别名。这种石蛙，在闽中山区、赣北山区、皖南山区、淮徐山区、粤西山区和湖南山区均有分布。石蛙的体态较大，如福建石蛙体重在200克左右，湖南、江西的石蛙重达400克。古时生态环境优良，估计石蛙可以长到500克以上，原因是这家伙爱吃的东西实在广泛：各种会飞的昆虫、蜘蛛、蚯蚓、虾、蟹、泥鳅，以及动物尸体……现在石鸡是国家二级保护动物，野生的不能逮，只有忆甜思苦的份儿。

我小时候最难忘的，就是爸爸安徽的朋友捎带来一网石鸡，依稀记得四肢有条纹，身上光滑，也有深色斑纹。我想养在家里当宠物，被爸妈无情拒绝，只能含着泪，香喷喷吃完晚上那顿"小可爱"。

石鸡喜欢山间的溪水，野生石鸡一般出没于10—18摄氏度的水中。老一辈心里最正宗的石鸡产区，以前要数徽州的宣城、景德镇。后来景德镇划给江西，独立为市，安徽的产区就主要在祁门和黄山一带，那里溪水多。"石鸡的产区溪水通常多，因为石鸡喜欢生活在乱石岗，就是山间有溪水落石的阴凉地方。冬天是找不到石鸡的，因为它要冬眠。""小时候的夏天夜里，我们喜欢拿着手电筒找石鸡，石鸡会叫，漫山遍野都能听到它的声音，电筒照过去它们也不会跑。"

曾兴讲起小时候抓石鸡的故事——现在的很多保护动物当时都是他们常吃的，只是因为环境原因慢慢离开了人们的生活视野。"野生甲鱼、石鸡、娃娃鱼，还有泥鳅，我们小时候放暑假时抓的机会最多。叔叔们经常抓了去卖，我们就跟着跑。准备工作通常是先做个头灯，准备好叉子，那是竹子编的。竹叉不能很尖锐，怕伤到石鸡皮。我们通常晚上11点左右出去，山间地头啥都没有，只听得到清澈溪水的流动，很害怕。我跟叔叔、老爸去逮，他们比较有经验，知道叫声来自哪里。因为石鸡的叫声通常传遍整个山头。山间溪水苔藓多，石鸡晚上出来透气，一般会在苔藓最多的地方叫，不只要灯照到它，后面还要手快叉它才行。"曾兴至今都没有抓到过石鸡。这也是一门手艺，靠山吃山，得有征服大自然的经验，餐桌上的一道菜其实背后付出很多。

对曾兴的叔叔来讲，抓石鸡很轻松，一晚上就可能抓到两三斤，那个年代石鸡十到二十块一斤，也就是说一晚上能赚六七十块钱。"前几年还能抓到石鸡的时候，能卖到400块一斤。"这就佐证了石鸡一直是一种名贵的食材。

曾兴说，现在最好的石鸡是溪水养殖基地用活水养的，生长周期很慢，三五年才能长到六到七两。人工饲养的石鸡吃虫子，野生石鸡基本上什么野生的都吃。

"黄山石鸡最适合的烧法是清蒸。黄山有一道名馔叫黄山双石，也算是徽菜里排名靠前的菜色，材料里第一个是石鸡，第二个是石耳。"石耳是生长在黄山悬崖上的菌类，与石鸡产区相近。石耳市场价在1000多块一斤，因为每采一朵石耳，采集者都要从峭壁爬上去。

"黄山双石的做法是：石鸡和石耳配上几片皖南山区的陈年火腿，处理好后蒸15—18分钟。"

他说夏天才能吃到这个菜，因为石鸡要冬眠。石鸡还可以用来做药材——夏天如果带皮吃一盘石鸡就不怕蚊虫叮咬。

这让我想起以前徽州大排档做的是红烧石鸡——徽州本味就是重口，红烧也会加辣——为了石鸡，竟然也有这么大的让步。美国禅宗哲学家阿伦瓦兹说过，如果杀了一只鸡却没有能力煮好，那只鸡就白死了，石鸡同理。到了现代，清鲜的做法慢慢变多，有好食材，调味就自然返璞归真起来。

徽州蒸石鸡，起码要蒸半小时以上，到骨头酥烂为止，这与南方不同。我听潮州、梅州的朋友说起早年石鸡的做法还口水淋漓——新鲜抓到的石鸡剖开洗净后，拿少许山茶油与淀粉腌渍五分钟，同时烧开一锅开水，里面放少许盐与芹菜末，再放入腌渍好的石鸡，稍滚十五秒即可出锅。如果是蒸，也只用极简单的酱油与山茶油作调料，上汽后入锅，夏天蒸五分钟，冬天蒸六分钟。那里的人们享受脆中鲜。

　　对了，石鸡长得极像癞蛤蟆，丑是丑了点，反正它是连天鹅都想吃的那种。

「代孕」領航者

[*Thunnini*]

金枪鱼

包围，

在地球吐出的绿沫里，

——这些生菜、成捆的胡萝卜里。只有你，

经历过大海的真理，

幸存了下来。

未知不可测，

黑暗深处的大海，

是伟大的深渊。

只有你，

用黑色的漆面，

去见证那个，

最深邃的夜。

——［智利］聂鲁达·《某市金枪鱼颂歌》

菜肴名称 Dish name	学名 Fish's scientific name	昵称 Nickname	活动水域 Waters
金枪鱼刺身、 金枪鱼沙拉、 烤金枪鱼下巴	Thunnini	鲔鱼、 吞拿鱼	分布范围广但偏窄，遍布世界各地的热带和亚热带海域，主要分布于低中纬度海区，集中在太平洋、大西洋和印度洋。

北 冰 洋

东北大西洋渔场

大

西

23.5°N

0° —

23.5°S

洋

印 度 洋

北太平洋渔场

太 平 洋

秘鲁渔场

西北大西洋渔场

大

西

洋

东南大西洋渔场

大范围渔场

小范围渔场

时令风味 Seasonal flavor	好吃部位 Tasty part
老饕们常说要在冬季吃上来自青森大间的金枪鱼，认为这个时令，这个产地的金枪鱼味道最美好。	大肥（大脑、大腩、大トロ、Otoro）、中肥（中脑、中腩、中トロ、Chutoro）、赤身（红肉、Akami）、中落（中落ち，nakaoti）、下巴（カマ，kama）、大肥中的大肥（カマトロ Kamatoro鱼鳃后、腹前的肥肉部位）、脑天（脑天，头肉，noten）、鳍肉（ひれ肉，hireniku）。

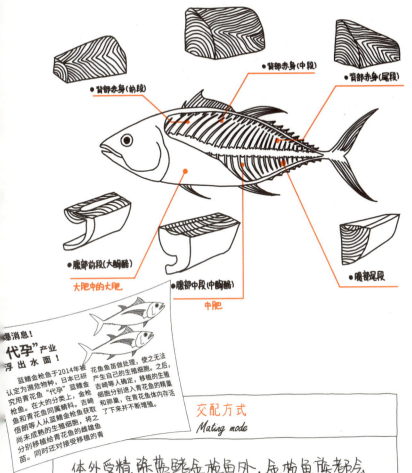

•背部赤身(前段)

•背部赤身(中段)

•背部赤身(尾段)

•腹部前段(大鮪酩)

大肥中的大肥

•腹部中段(中胸酩)

中肥

•腹部尾段

爆消息!

"代孕"产业
浮出水面!

蓝鳍金枪鱼于2014年被认定为濒危物种，日本已研究用青花鱼"代孕"蓝鳍金枪鱼。在大的分类上，金枪鱼和青花鱼同属鲭科。吉崎悟朗等人从蓝鳍金枪鱼获取尚未成熟的生殖细胞，将之分别移植给青花鱼的雌性鱼苗。同时还对接受移植的青花鱼鱼苗做处理，使之无法产生自己的生殖细胞。之后，吉崎等人确定，移植的生殖细胞分别进入青花鱼的精巢和卵巢，在青花鱼体内存活了下来并不断增殖。

交配方式

Mating mode

体外受精，除蓝鳍金枪鱼外，金枪鱼族都会反复产卵。有些雌性平均产50万个卵，这些卵漂浮在水面附近，会在2—5天内卵孵化(具体取决于温度)。蓝鳍金枪鱼在墨西哥湾的热带水域产卵，其余时间在温带地区觅食。

肉质特征（生/熟）
Meat quality characteristics (raw / cooked)

金枪鱼刺身肉质柔嫩，"toro"（金枪鱼身上脂肪丰厚的肉）油脂感丰润，赤身则具特有的清涩微酸味道。熟制的金枪鱼纤维油嫩，鲜味浓郁，蛋白质含量很高。

做法（生/熟）
Cooking method (raw / cooked)

整条金枪鱼的鱼体一般需要有经验的料理师傅才能做，解体后的切法也有讲究，因为金枪鱼的鱼肉有筋肉纹理，所以一定要逆着纹理的方向来切片。金枪鱼是日料中需要熟成的鱼类的典型代表。通常来讲，金枪鱼熟成的方法是将金枪鱼用多层吸水纸包好，放在温度和湿度可控的环境下，比如冰箱冷藏室，定期更换吸水纸，监控熟成情况。下巴、头肉、锁肉、鱼瓶肉等可煮、可烧，也可盐烧等。

(5分) (5 points)

典型做法评价 *Typical cooking practice evaluation*	🐟🐟🐟🐟◻ (4/5)
重量 *Weight*	🐟🐟🐟🐟🐟 (5/5)
鲜美程度 *Degree of delicacy*	🐟🐟🐟◻◻ (3/5)
鱼刺疏密度 *Fishbone density*	🐟🐟◻◻◻ (2/5)
纤维硬度 *Meat fiber hardness*	🐟🐟🐟◻◻ (3/5)
湿软程度 *Degree of wetness and softness*	🐟🐟🐟🐟◻ (4/5)
软颗粒感 *Soft granular sensation*	🐟🐟🐟🐟◻ (4/5)

有性生活，也有光合作用

海带

龙之号带，若俭若黄。

飘飘海上，旌旗央央。

——《海错图》海带赞

菜肴名称 Dish name	学名 Fish's scientific name	昵称 Nickname	活动水域 Waters
凉拌海带、 海带汤	Laminaria japonica	纶布、 昆布、 江白菜	海带属于亚寒带藻类，是北太平洋特有地方性种类，大西洋也有一些海带分布。

时令风味 Seasonal flavor	好吃部位 Tasty part
海带在3月长宽厚均已达到成熟标准，可以收获。	海带属于藻类，没有根茎叶，食用的部位叫作**叶状体**。

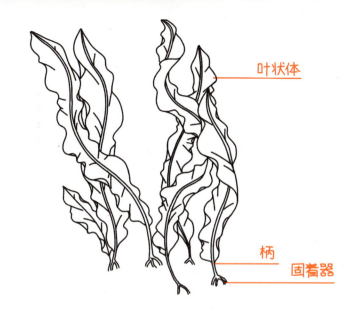

叶状体

柄
固着器

海带属于孢子植物，采用有性生殖。繁殖期间会在叶子上长出许多口袋一样的孢子囊，产生大量的孢子。孢子成熟时孢子囊破裂，里头的孢子就出来了，碰到岩石、金属等物体之后会附着在上面，萌发为小型的"配子体"。配子体有雌雄性别之分，各自产生卵细胞与精细胞。雄配子体将精细胞释放到水中，精细胞检测到雌配子体释放的信息素后朝卵细胞游动，与卵细胞结合起来成为受精卵。受精卵在雌配子体上发育为体形庞大的"孢子体"，也就是海带。

| 肉质特征（生/熟） |
| Meat quality characteristics (raw / cooked) |

海带比较厚，宽大的厚片凉拌爽脆，
炖煮不容易被煮烂，比较有嚼头。

| 做法（生/熟） |
| Cooking method (raw / cooked) |

把海带浸泡除沙后洗净，切丝，用温水漂洗
5分钟，放入开水中投凉取出。沥干水分后可与多
种调料一起凉拌，也可糖醋炒或炖汤。

海带的祖先还是真菌生物的时候，就吞噬了一种能进
行光合作用的生物，两者基本融为一体，所以海带可以说
是一种动植物的结合体。含叶绿体的生物在海带体内
共生，也就形成了海带的叶绿体，或者可以说是海带的身
体里住着一个可以进行光合作用的植物。只是这个植物
没有自主性，它的生长和生理行为已归海带本身支配，形
成了一种共生共荣的一体性的现象，也可以说它们
早已合而为一，成了一种生物。

植物大多有根、茎、叶等，但藻类并没有真正的根、茎、叶，
也没有维管束。海带虽然通常也有根，但它的根并不像
其他植物一样吸取水和养分，而只是为了固定自身而抓
取在某一处的，所以它的根实际上相当于它的"手"。

典型做法评价 *Typical cooking practice evaluation*	🐟🐟🐟
重量 *Weight*	🐟🐟🐟🐟
鲜美程度 *Degree of delicacy*	🐟🐟🐟
鱼刺疏密度 *Fishbone density*	
纤维硬度 *Meat fiber hardness*	🐟
湿软程度 *Degree of wetness and softness*	🐟🐟🐟
软颗粒感 *Soft granular sensation*	🐟🐟🐟

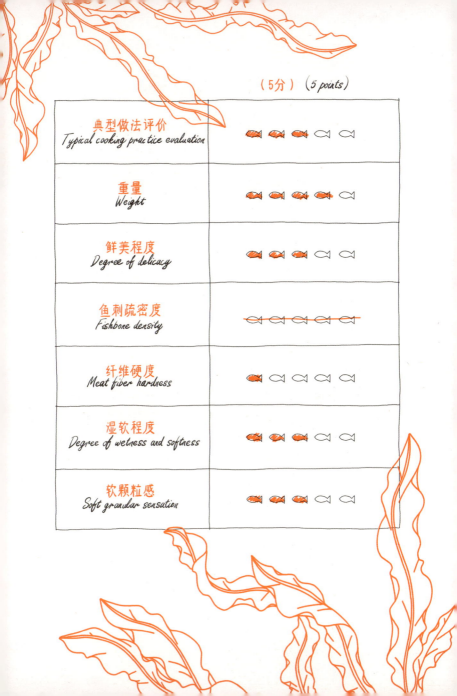

吃完江阴，想在西门庆大腿上刻诗

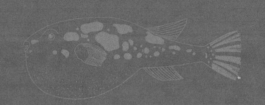

长江三鲜

[*Poetry*]
诗

两螯蓬松，鱼中老翁。

柔尔小弱，只算幼童。

——《海错图》鲚鱼（刀鱼）赞

弃骨取脥，鱼中罕匹。

四月江南，时哉勿失。

——《海错图》鲥鱼赞

鱼以豚名，甘肥且旨。

一脔可当，请君染指。

——《海错图》河豚赞

如果退潮，

是碧海对蓝天的不忠。

春天江南淫雨霏霏到这种田地，

那一定是对人间的痴情，

就用"穿过大半个中国去睡你"的胃口，

去了趟江阴。

如果此时西门庆在，

好想在他大腿上刻首现代诗，

"真TM好吃，你是我的"。

　　我确实有首珍藏的诗，意境堪比希区柯克的有色电影。可惜不是我写的，来自《诗经》："野有死麕，白茅包之。有女怀春，吉士诱之。林有朴樕，野有死鹿。白茅纯束，有女如玉。舒而脱脱兮！无感我帨兮！无使尨也吠！"一个春天荒野树丛里的推倒画面，美少年引诱少女，裙衣得慢慢褪，不然狗会叫。定情礼物是白茅草包着的死野鹿，谕示美丽又危险。什么叫急中生智、临危不乱！

　　对日本人来说，通常这种集美艳、悬疑、伦理甚至惊悚的桥段，非得偷人妻或者禁忌之爱才能比肩。我想起《金瓶梅》里西门庆密会贵妇林太太的桥段。林太太是王招宣的遗孀，西门庆和她在招宣府幽会，月色朦胧时进门，"迎门朱红匾上写着'节义堂'三字，两壁隶书一联：传家节操同松竹，报国勋功并斗山"。偷情在这种戏剧冲突里，被阴沟里的浪花托起——一个贵夫人沦落到投送暴发户怀抱的地步。所以兰陵笑笑生给她安排了一个在西门庆大腿上刻下"精忠报国"以示反悔的结局，我也是理解的。林太太这样的角色比起潘金莲，论世俗眼光，那段位要高得多。西门庆除了色欲熏心，就是趋炎附势，算盘正打反打，都赚。

"悲剧就是把美的东西毁坏给人看。"人类最真挚美好的东西恐怕只有爱情，而最让人铭记的爱情最好有牺牲。我总觉得浓烈到"想永远占有"却不能，才算挚爱。

日本人眼里，美味到能媲美与人妻发展不伦悲剧的，就只有河豚。只可惜，在国内吃不上正规的野生河豚，要"赴个不死之死"最好飞日本，而要吃"死不了"最好去江阴。

江阴吃河豚（三鲜），
要塞兵家和吃货齐争！

我在火车上念诗的功夫，手忙脚乱间下车到了无锡，无锡到江阴打车1个小时左右。江阴地处长江南岸，在南京和上海之间，江面宽只有1500米，在近代有着非常重要的战略地位，人称"江上雄关""锁航要塞"，是南北交通要冲，也是鲜物由海入江的咽喉。兵家和吃货都必争。不过自2020年1月1日零时起，长江流域的332个自然保护区和水产种质资源保护区全面禁止生产性捕捞。我站在要塞边，心痒如柳芽满头。不过，吃个养殖的也不差！

　　江阴是江南隐秘的高档食肆汇集处，这里吃东西动辄人均一两千，不乏舌头难伺候的食客。"第一是因为物产特征，都是名贵食材——刀鱼几千块一斤，三两的刀鱼，一斤只有三条。另外，河豚、鲥鱼、鮰鱼也都是很贵的食材。第二是因为江阴的企业家多，这里是全中国县级城市企业家第二多的——第一是昆山。老板们应酬多，要招待，自然推动消费。""名豪美食"主人、江阴美食家张永亮喝了一口碧螺春说，"最好吃的刀鱼就在南通到扬州这段。地理位置上，江阴正好处于南通与扬州之间，得天独厚的好鱼多出产在这里。三月温度到了，鱼就会游上来。不过，现在吃的都不是长江刀了，而鲥鱼在上世纪80年代就已经找不到野生的了。"

　　"要塞"这个地方，也是长江最窄小处。江阴大桥附近水流湍急，河豚、刀鱼洄游时都在这附近产卵。有意思的是，刀鱼游过江阴、镇江之后，风味尽失，原因是过了水域，水温上升，体内没有这么多脂肪，于是口感开始发硬，和之前处子之身时的"细嫩香甜"有天壤之别。

　　"不时不食"，那个"时"可以指"爱情"。鱼儿们静待春暖花开，在清明前，蓄积好脂肪在这个老地方幽会，在交配前迎来魅力巅峰。那种缠绵带来的体态美，由内而外。每次我都会由衷记起赵忠祥老师的经典台词："春天到了，万物复苏，大草原又到了动物们交配的季节！"

　　最好的刀鱼、河豚出现在清明时节，鲥鱼则是谷雨节气。"河豚的目的地是扬中市江中的浅滩。现在吃的刀鱼都是海里面的。"张永亮告诉我，刀鱼没有养殖的，因为无法大规模养殖，顶多有少量试验，但产量与口感都不好。我心想，莫不是自由恋爱选择余地不够造成的吧？鱼也不能凑合。

　　要在最好的时间遇见，谈恋爱和吃鱼都要靠舌头，到江阴，这可不是废话，刀鱼的刺需要脐上的三寸来剔。

刀鱼用江阴特有的"红烧"方式烹制，出品比上海稍甜，比无锡又稍咸，入味、浓郁。那些细密小刺，我全用嘴唇成片抿着剔出，每一片小肉里都有鲜甜。刺柔软，像坚韧的须发。良久，我用舌头意犹未尽舔舐着，舌腹轻轻挤压，细嫩刀鱼肉就与两边涌出的口水，融在一起。舔舐着细嫩刀鱼肉，陶醉到忘我时，赶紧遏制住脑子里猫咪亲吻猛虎的荒诞画面。总之，一嘴毛……

张永亮说："江阴虽小，但鱼是最有代表性的味道。这里烧菜的口味偏向淮扬菜系。但过了长江和靖江就不一样了！虽然只有一江之隔，但食材激进起来，口味和烹饪方式也不一样。那边的菜偏咸一点、颜色偏淡一点，江阴则偏甜，浓油赤酱，是两个概念。"这种"红烧"，按照我的理解，才配得起"长江三嫩"的丰腴。

西施的淡妆浓抹让人忍不住效仿，鲥鱼那么好吃，专用在鲥鱼身上的烧法也值得推崇。我去江阴吃的野生翘嘴鲌鱼（湖鲜）十分滑口，当地人喜欢援引鲥鱼式的鸡汁蒸熟法，且不去鳞片，这样就留有皮鳞间的魅力油脂。鸡汁是"天然味精"，也是底汤，这时候吃一条翘嘴鲌就有了鲥鱼的鲜美神韵。"肉与鳞"的分合也全靠我上下嘴唇的互搏武功，撩不到西施，撩到人家闺蜜也不错。

江阴吃"长江三鲜宴"废嘴，因为配菜是螃蜞脚与清水螺蛳，我原以为舌头可以休息下，结果愿望是美好的。如果不吸着吃，我确实也不知道怎么样可以啧啧嗫嗫津津有味。一照镜子，省了丰唇钱。

不过，这儿也有滑溜溜的"救兵"。江阴靠江，湖泊很多，特色蔬菜里芹菜最有代表，水嫩！豆制品也出名，譬如常州横山桥百叶。宴会中场休息时，除了对镜贴膘，还可以吃口刀鱼馄饨养嘴唇和舌头，鲜润鲜润的，等着再战三百回合。

可是我根本不想随意拈花惹草，怕冷落"最爱"。

吃了西施乳才能理解精虫上脑，
不然怎么会取出这种名字？！

春天说来就来，我不管吴王夫差说"爱姬玉乳可比之"时是否醉了，我多年前说"河豚值得美食家集体赴死"是真心的，而且我建议大家多吃关键部位。我常说，人类的欲望里，吃喝最健康。关于"最爱"，我不想百般遮掩，能让男女都"精虫上脑"的就只有"西施乳"。

河豚雄鱼的精巢"白子"，日本人叫"Shirako"，里面的鱼精蛋白，比鱼翅昂贵。

"名豪美食"的一道菊花河豚"三宝（白子、肝、皮）"里，白子独尊。奶油状的质地，流淌又胶着，如泣如诉。雄身最柔软处，用雌名呼唤，以西施温柔乡作形容！光想想，已上脑，何况吃。论白子做法，我最爱"自然荑"质感的白汁，被爱包围也就这样了呀！

淫者见淫，仁者见怜悯。我实在可怜自己见"长江三鲜"的不可自持，本来觉得午餐就好，害怕夜不能寐。但在江阴入夜，哪里舍得停！要激情继续，需要一点麻辣的刺激。2021年的春天，我吃到江阴的麻婆豆腐白子时，半晌说不出话，这时距离我在东京米其林二星茶禅华吃麻婆豆腐白子已经过去两年了。那天餐桌上，音乐家赵志坚老师拉起二胡名曲《赛马》，白子在红油中晃动着，明晃晃的。而音乐如春风过我的牛耳，音乐悠扬激烈处，我蒙头吞了一整颗，恰好填满我的内疚，但没作停留，又倏然滑下。

第二天清晨，我放弃了汤包，只想去黄河画家徐惠君工作室门口看黑天鹅、大雁、鹅、野鸭……鸣叫里有金石声，柳树如珠链如云雾。

我在心里描摹贤者时间的感觉，也许是"精虫"从脑内褪去后我恢复理智的感觉：并不想占有春天里的

"长江三鲜"，只想成全它们。顺便，如果西门庆在，抓他洗个纹身？！

第一次吃双皮刀鱼和刀鱼舒芙蕾，
吃完感觉在做梦的刀鱼宴

从江阴到上海，我试吃"刀鱼宴"前，与孙兆国大师感慨："世道变了，源头东西也变了，很多东西都绝迹了，也难怪人没有太多分辨能力。"

见我旅途劳顿，孙大师帮我准备了一杯咖啡，并告诉我，身边那个蓬松白嫩，半高起在炖盅里的舒芙蕾是刀鱼做的！我瞪大眼睛，赶紧拿勺子深掏了一大朵，放嘴里是弥漫的鲜咸，然而尾端与甜不期而遇。孙兆国大师叫我不要多吃，因为后面接着刀鱼宴的紧张试菜。

既然是"宴"，一味呈现原味，就真成了"耍流氓"。整个宴席果然都在"眼疾手快"中进行。"呛汁熏鱼，汤水容易流失，吃的时候要咬一口吸一下，慢一点就流失了。"孙大师提醒说。我是吃着青鱼版熏鱼长大的江浙孩子，这是生平第一次吃到刀鱼版的，呛汁熏鱼鲜甜，咬开脆皮，里面一包汁水。我细想，刀鱼刺多，其实万般"酥炸"是中肯的解决方案。

刀鱼在古代靠腌渍保存，放在冰箱冻起来肯定暴殄天物，不如将计就计做出花来，但这也需要带着镣铐跳舞！我小时候曾吃过刀鱼炖蛋，刀鱼的内胆是不用清理的，《海错图》里也说其"腹中甚窄，止有一血鳔，似无肠……"

不过这碗刀鱼炖蛋，最好是炖鸭蛋。"鸡下蛋过年，鸭下蛋种田。春天是播种的季节。为什么端午节吃咸鸭蛋，因为它是凉性，润燥的。不能反着季节来，得遵循规律。端午时粽叶香，中秋的粽子狗不闻。年轻人不像我们山里出来水上生活，他们留过洋吃过都市味道，可那不是地道的。要把食物做出原始的美味，是要有很多场景化东西的。"孙大师说他是20世纪80年代初入行，当时跟师傅学的第一句话就是"要想'吃'对身体、对口味是享受，就要遵循自然规律"。

"中国烹饪的特点就是以味道为中心、营养为目的，好吃不营养的不吃，食物干净也很重要。不要大规模种植，不要农药化肥催生，要贴近自然。春季吃什么？豆、笋、香椿、野芹菜……人们刚过完年，肚子里有油水，所以春天的泉水煮菜吃就很舒服，这是生理需要。"他补充说。

《海错图爱情笔记》刚出第一部的时候，有朋友跟我聊起鱼最好吃的各种部位，刀鱼鼻子当然在其列。但以目前刀鱼的珍贵状况，一两个确实吃不出味来。前不久，黄河出现野生刀鱼这件事引起了巨大轰动，因为20世纪70年代出现的断流也断了刀鱼的洄游产卵线路。而在60年代，渔民一网下去，可能有几百斤刀鱼上来。我想，这时候才有资格吃刀鱼鼻嘛！多年前一位柬埔寨亲王到上海访问，中方专门请烹刀鱼高手做了"清炒刀鱼鼻"，如今已是绝唱！不过清代作家钱泳在《履园丛话》里说，刀鱼是"开春第一鲜美之肴，而腹中肠尤为美味"，那是奢侈中的奢侈，因为"似无肠"（聂璜刚说），有也小到可忽略。这样的内脏流于想象，我这回能吃到一个清蒸刀鱼的鼻子已经是万幸。

孙大师说，且慢，他来分骨。处理刀鱼是不用像别的鱼一样开肠破肚的，去掉鳞鳃后，竹筷子从鳃内插入，将肠子绞出即可。

我们还在聊刀鱼如何惜鳞如金，掉鳞即死，只见孙大师用筷子拎起鱼头，整条鱼的一半身体渐渐与另一半分离，直到垂直挂起。我惊叹，这蒸刀鱼火候不能再恰到好处！剔骨时，筷子轻轻"一线牵"即可骨肉清晰分离。

我只管大口鱼肉入嘴，舌尖顶着上颚慢慢吸吮，一包软细骨转眼就理成一团蚕丝似的形状吐出。趁着"仙灵未散"，我埋头赶紧吃刀鱼肉，抬头时，发现隔壁已经开始堂炒刀鱼饭了，刚刚的鱼汤顺势淘饭！

转眼的功夫，汤、饭、点心全齐了！刀鱼红汁在锅中升腾起焦糖味鲜香，一口饭配一口珍稀的石耳刀鱼丸子清汤，相得益彰。"明前鱼骨软如绵，明后鱼骨硬如铁"。骨头炸后，脆！可做咸酥点心。

孙兆国大师问："你吃过咸刀鱼嘛？"我答："嗯？"咸刀鱼只在古书上出现过。刀鱼本来就少，哪有什么理由"浪费时间"。周星驰演《九品芝麻官》时，如果用咸刀鱼做尚方宝剑，虽然小了点，但我觉得没人会质疑权威。眼前的这条咸刀鱼衬了春天里的时蔬，嫩而不幼，肉里凝聚了更多氨基酸的"力量"。但我并不能恣肆对待，相比清蒸那条"狼吞虎咽"的吃法，咸刀鱼要用筷子细细密密撸鱼肉吃，更小口，同样满足！我的"也"字，里面藏着遗憾，好在下道菜就能开解了。

孙大师说："咸刀鱼升级版本是双皮刀鱼哦。"我停了筷子。"1985年以后，餐饮界大名鼎鼎的莫氏三兄弟中的一位教过我做双皮刀鱼。这道菜的制作过程比较复杂——先将刀鱼开背，把龙骨去掉；接着要把刀鱼肉拆下来，皮留着；再将砧板上铺满肉皮，用刀背敲鱼肉，这样细刺会黏在鱼皮上。因敲得太重鱼肉会破，所以力度要恰当；然后刀面沾水，把肉刮下来，混合猪肥膘及春笋等做馅，加调味料、葱姜汁……再塞回刀鱼皮，做成一条刀鱼，最后拿去蒸。"

孙大师这次以双皮刀鱼为灵感，创造性加了一条咸刀鱼。咸鱼与鲜鱼一起烹饪，在浙江叫"文武烧"。我说刀鱼界的"文武"双雄实属罕见。孙大师说："食物也有阴阳，这属于'1+1大于3'的概念。刀鱼做咸鱼很奢侈，两条鲜刀鱼加一条咸刀鱼的肉拌在一起，打成泥，酿成一条刀鱼，更鲜。刀鱼身上最香处是鱼皮或者鱼鳞，高温煎它，鳞脂化了，汁水会更香。"

双皮刀鱼是几近失传的绝技，我在2021年春天吃到的香煎双皮刀鱼酿咸鲜刀鱼肉更是绝世版本，夏天酷暑、秋天干燥、冬天严寒都不必感叹，一年值得。带软鳞的刀鱼皮，像碎银子，鳞皮间萃的珍贵刀鱼油作底油，白葡萄酒蒸气一熏，牙齿一碰就是一个香味地雷。

试菜还没完！刀鱼窄细，刺多。除了我说的酥炸外，清代袁子才在《随园食单》提供了两个细巧方法解决鱼刺：一是"用极快刀刮取鱼片，用钳抽去其刺"，二是"快刀将鱼背斜切之，使碎骨尽断，再下锅煎黄……临食时竟不知有骨"。这次我吃上袁子才第二式，凉的，微熟醉版本。

"不光是刀鱼。"现在我们可以唾手可得的食物大多是培育或饲养的，早失去天地之气了。"时令食材，在城市里就意味着昂贵，这样农人才愿意帮着打捞或者采集，并运输过去。农村会好一些。"

半春子与野木耳在雨后冒出时，如刀鱼油汁水一样养人。刀鱼手工面直接用刀鱼高汤和面，格外弹爽。我的碳水戒这次因刀鱼破得一塌糊涂，光刀鱼馄饨就有汤炸两版。刀鱼馄饨的底汤是刀鱼骨与虾米熬的，我竟全部吃完。

饭后，三棱橄榄消食。孙大师说："万物相生相克，很多独特的东西有独特的习惯。中国有两个行业来自民间，一个是中餐，一个是中医。你说华佗读过商学院吗？而神农氏尝百草奠基中医药学，古代医生预测预产期能精确到时辰，这是智慧。春天人家上山打香椿，遇到漆树过敏了，脸上和私密部位都肿起来，奇痒无比，采八方树烧水一洗就好了。大自然伟大！山西吃醋是因为盐碱地的缘故，不吃身体会受伤害。镇江出醋是历史原因，因盐水鸭有亚硝酸盐，吃醋中和。"孙大师去安徽铜陵发现姜很好，因为"铜陵是一个出重金属的地方，而姜驱寒祛湿对肝胆有好处，胆囊炎吃姜也是好的"。吃完橄榄，胃里真的好多了。再次感叹，仙气接了地气才好。

我细想这顿"刀鱼宴"，其实除了食材难得外，没有一个菜看起来是豪华的。这光景，对比孙大师说的，"现在的菜都叫都市美味，拼命拗造型，丢失了很多本味。食物本味好比人一样，再美丽，在家还是要简单宽松懒散。"我感叹，好食材少，可不是要化化妆才能出门嘛！

过完清明的第一天，刀鱼就不再娇贵，改名"鲚"。我倒希望今生此后，它隐姓埋名，不再与"金钱的丈量"有任何瓜葛。执一亮剑，自游天涯才好。

菜肴名称 Dish name	学名 Fish's scientific name	昵称 Nickname	活动水域 Waters
河豚刺身、 红烧河豚、 河豚火锅	Tetraodontidae	艇巴、腊头、 乘鱼	我国黄海、渤海、 东海、南海以及 近海江河
清蒸/酒蒸鲥鱼	Tenualosa reevesii	迟鱼、子陵鱼、 惜鳞鱼	中国和越南
清蒸刀鱼、双皮刀鱼、 刀鱼馄饨	Coilia ectenes Jordan	长颌鲚、刀鲚、 毛鲚、明前小只 的叫毛刀	我国黄渤海和东海 一带，近海的江河如 黄河、长江等均能见 到。
红烧/白烧鮰鱼、 豆瓣江团、 红烧鮰鱼肚	Leiocassis longirostris	长吻鮠、 江团、 肥沱	分布于中国东部水 系及朝鲜西部， 以长江水系为主。

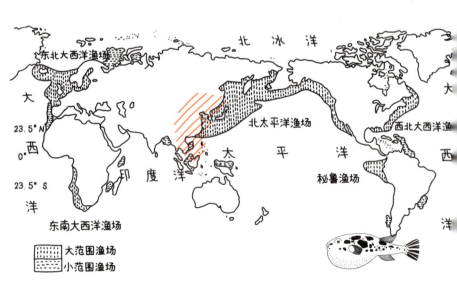

大范围渔场

小范围渔场

	时令风味 *Seasonal flavor*	好吃部位 *Tasty part*
河豚	在日本,有从"秋的彼岸到春的彼岸"(秋の彼岸がら春の彼岸まで)的说法,意为深秋到初春这段时间是食用河豚的最佳时令。在国内,大概清明时节(三四月)是吃河豚的好时节。	卵巢、肝脏、肾脏、眼睛、血液均~有剧毒,不宜食用。!!! 重点
鲥鱼	"鲥字从时,惟四月则有,他时则无。"春天四月,是吃鲥鱼的好时节。	全身,尤其鱼鳞。 著名美食家沈宏非说,"鲥鱼之鲜美不仅在鳞而且是一直鲜到骨子里去的,也就是说,鲥鱼的每一根刺都值得用心吮吸。"
刀鱼	清明前叫刀鱼,清明后叫鲚鱼。农谚有"春潮迷雾出刀鱼",是春季最早的时鲜鱼。一年中只有鱼刺软时刀鱼才好吃。	刀鱼翼最好吃, 全身都美味,包括鱼骨。
鮰鱼	春秋季节长江江口鮰鱼鱼身体肥壮,肉质鲜嫩,是最佳的品尝时节。	此鱼最美之处在带软边的腹部。其鳔特别肥厚,干制后为名贵的鱼肚。湖北省石首市所产的"笔架鱼肚"素享盛名。

河豚 少数种类生殖季节溯河进入江河产卵，如暗纹东方鲀沿长江上溯至洞庭湖产卵，也可在长江及通江湖泊中定居，是我国重要的鱼类资源，主要生活在水的中层或底层。是江海洄游习性的底栖鱼类。

鲥鱼 平时栖息于海水中，春末夏初溯河作生殖洄游。4月初开始由南至北洄游，产卵时选择在江底多砂质卵石清澈水处。繁殖时三五成群活跃在大江水上层。雌雄相互追逐，多在午后至傍晚前产卵。

刀鱼 是一种洄游鱼类，平时生活在海里，每年2—3月由海入江，并溯江而上进行生殖洄游。每当春季刀鱼成群溯江而上，形成鱼汛，5月下旬常在流速缓慢的浅水洄湾处产卵。当年孵出的幼鱼顺流而下，在河口或咸淡水交汇处生活，次年下海生长和肥育。

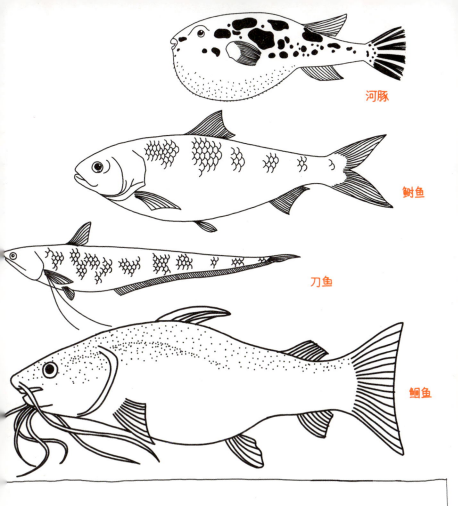

河豚

鲥鱼

刀鱼

鲖鱼

鲖鱼 达到性成熟的最小年龄为3岁龄,一般为4—5岁龄。成鱼每年 3—4月 开始成熟,便上溯至砾石底的汹水急流处产卵。产卵期为 4—6月,长江的产卵场较集中于中游的荆江河曲以及上游的沱江等江段。

肉质特征（生/熟）
Meat quality characteristics (raw / cooked)

河豚

脂肪较少，几乎没有腥味。刺身可以感受到河豚鱼肉的韧劲，不像其他刺身软烂的口感。煮熟吃则味道鲜美而浑厚。

鲥鱼

多以浮游动物为食，故肉质肥嫩、味道鲜美，有"鱼中之王"的美誉。

第一层鱼鳞闪闪发光，入口丰润，富含鳞脂和胺原，对皮肤滋养有好处；第二层是鱼鳞下面的灰色肉质层，口感细密，富含不饱和脂肪酸，可降低胆固醇；第三层为白色鱼肉，鱼肉细腻且蛋白质含量丰富。

~~去毒~~的过程是需要谨慎谨慎再谨慎的过程，不过现在有DMR试剂能够有效以萃取方式吸附残留的河豚毒素。

红烧河豚是江苏省特色名菜——将河豚眼睛、内脏、鳃全部去掉，血水严格漂洗净至清为止。炒锅上火烧热，入油、葱段、姜片煸香，入河豚、五花肉、鲜笋片煸透后烹绍酒，入酱油、绵白糖，加入由河鲜、火腿、蟹黄油、母鸡、五花肉熬制的高汤，大火煮沸，小火焖透后收侬汤汁装盘。

"不必去~~鳞~~，因鳞内有油，宜清蒸，味道鲜美"。

鲥鱼清蒸、酌以笋片、香菇，撒几茎嫩葱，与鲥鱼的鲜肥相互提携，是大美至味。

也可以放上火腿、酒酿，以黄酒蒸制，酒香浸透脂肪的鳞片，入口稍嚼即化，肥美丰润的滋味尤深。

刀鱼

体形狭长侧薄，酷似尖刀，银白色，肉质细嫩，但多细毛状骨刺。刀鱼的脂肪含量高于一般鱼类，且多为不饱和脂肪酸，肉味鲜美、肥而不腻，兼有微香。

鮰鱼

肉嫩刺少，口感爽滑，味鲜美，富含脂肪。民间有"不食江团，不知鱼味"之说，被誉为淡水食用鱼中的上品。

一般来说，烹饪手法非常<u>简单</u>，加酒隔水蒸
即可，吃剩的<u>鱼骨</u>可<u>酥炸</u>，江阴等地也有<u>红</u>
<u>烧</u>的做法，还有刀鱼馄饨等。另有几近失传的
"双皮刀鱼"，是道极其花功夫的菜。

闫涛：现在大家都知道长江刀鱼贵到天价了，但刀鱼在珠江有
个表兄叫 <u>凤尾鱼</u> ，虽然身价不高，但凤尾鱼的鱼将被勤劳勇
敢热情的穷的疍家人做成了广东版本的乌鱼子，这就是大名
鼎鼎的"马鲚鱼鳔"。这个小玩意儿其貌不扬，但价格不菲，贵
那么贵当然有它的道理 <u>好吃呀</u>！还是要感谢一下陈晓卿老师
那一年正是和陈老师一起在番禺进行调研活动，
才意外瞭解了一个文字常识。广东人说的"鱼鳔"、
"鸡鳔"都是晤别字，应该写作"鳔"，意思就
是"未成肉"嘛！母晤了就是一句广东话：<u>鳔也肴</u>！

<u>淮扬菜</u>中有<u>红烧</u>和<u>白汁</u>鲴鱼的做法，
<u>粤菜</u>中用<u>豉汁蒸</u>，<u>川菜</u>中一般做成<u>麻辣</u>
口味，或<u>烤鱼</u>。

河豚 （5分） (5 points)

典型做法评价 *Typical cooking practice evaluation*	🐟 🐟 🐟 🐟 〜
重量 *Weight*	🐟 🐟 🐟 〜 〜
鲜美程度 *Degree of delicacy*	🐟 🐟 🐟 🐟 🐟
鱼刺疏密度 *Fishbone density*	🐟 🐟 〜 〜 〜
纤维硬度 *Meat fiber hardness*	🐟 🐟 🐟 🐟 〜
湿软程度 *Degree of wetness and softness*	🐟 🐟 🐟 〜 〜
软颗粒感 *Soft granular sensation*	🐟 🐟 🐟 〜 〜

鲥鱼 （5分） (5 points)

典型做法评价 *Typical cooking practice evaluation*	🐟 🐟 🐟 🐟 〜
重量 *Weight*	🐟 🐟 🐟 🐟 〜
鲜美程度 *Degree of delicacy*	🐟 🐟 🐟 🐟 🐟
鱼刺疏密度 *Fishbone density*	🐟 🐟 🐟 🐟 🐟
纤维硬度 *Meat fiber hardness*	🐟 🐟 🐟 🐟 〜
湿软程度 *Degree of wetness and softness*	🐟 🐟 🐟 🐟 〜
软颗粒感 *Soft granular sensation*	🐟 🐟 🐟 🐟 〜

刀鱼 （5分） (5 points)

典型做法评价 *Typical cooking practice evaluation*	●●●●○
重量 *Weight*	●●○○○
鲜美程度 *Degree of delicacy*	●●●●●
鱼刺疏密度 *Fishbone density*	●●○○○
纤维硬度 *Meat fiber hardness*	●●○○○
湿软程度 *Degree of wetness and softness*	●●●●●
软颗粒感 *Soft granular sensation*	●●●●○

鲴鱼 （5分） (5 points)

典型做法评价 *Typical cooking practice evaluation*	●●●●○
重量 *Weight*	●●●●○
鲜美程度 *Degree of delicacy*	●●●●○
鱼刺疏密度 *Fishbone density*	●●○○○
纤维硬度 *Meat fiber hardness*	●●●○○
湿软程度 *Degree of wetness and softness*	●●●●○
软颗粒感 *Soft granular sensation*	●●●●○

一个宴席吃五种螃蟹

中国第一古宴的水产

[*Exquisited*]

精致

斋必变食，居必迁坐。

食不厌精，脍不厌细。

——春秋·孔子《论语·乡党》

杭州菜往往被人误解，

也许是湖光山色迷人眼，

也许说故事的时候忘了时间。

佯装不在意的外乡人，

骂着杭州菜不精致，

却吃得piapia作声。

杭州菜的底色，宋时是西子的细密淡妆，如黄公望元代时画的富春山水，比孔子不时不食的情志，更躬身一步。

宋时杭州人聚会约个饭，去餐馆总是按套餐点，先点冷盘再点热菜；吃饭前要焚香插花，插花要白净素雅，含苞未放；夏天用陶瓷香炉，冬季使用铜质香炉——这个讲究到今天还能称为"讲究"。现在我们去餐馆点菜，总是先点冷盘再点热菜，这个习惯就始自宋朝。不得不说，论美学素养，那几个倒霉皇帝还是有优点的。

哪怕经历了元代金戈铁马下的森林烤肉，明末清初时，人们心中还是"湖上影子，惟长堤一痕、湖心亭一点、与余舟一芥……"这实际来自张岱这位美食家——烤肉遇到油滴下来时，熨贴到往肉上洒一点芝麻油就不会滴了。杭州人喜欢别致细腻的表达，哪怕只是吃的。

《东京梦华录》记载的砂糖绿豆，是杭州人小时候冰糖绿豆沙的雏形。这书其实是宋代迁都临安（杭州）后，孟元老怀念北宋都城汴京开封府青楼画舫与美食的书。《梦粱录》里则有"处处各有茶坊、酒肆、面店、果子、油酱、食米、下饭鱼肉、鲞腊等铺"的繁荣描写——宋朝时期的小白领或者商贩，也都跟现在杭州的商务人士似的，不喜欢在家里做饭，通常在店里买现成的吃食。后来周密的《武林旧事》——武林即临安(今浙江杭州)——也有不少关于四时风物的记载，比如有位叫宋五嫂的老妇人，"东京开封人，随皇上南迁到此，在西湖边以制鱼羹为生"，因得宋高宗赏而成名，才有了现今杭州的宋嫂鱼羹。那时候精细料理都与文人墨客或风花雪月有关。赵构这席宴也准备了大量羹，可见羹在那时候有多受欢迎。

孔子曰过食不厌精，脍不厌细。如果在夏天，用犬膏慢煎小鱼干，配上苽，就着卵酱，用上恰当的簋、俎、豆等器皿，这才是孔夫子见了都欣喜的Fine Dining（盛宴）。"脍不厌细"其实说的是生鱼片得切细。孔子的春秋品味，来自"周游列国"，而宋朝是中国品味的制高点，食客的眼、耳、鼻、喉、身、意里有山川湖海。

一般人都认为，生吃鱼虾的习惯来自日本，因为日本有著名的鱼生，用金枪鱼、三文鱼等名贵海洋鱼类的肉制成。但生吃鱼虾的食法其实并不是日本人的专利，它是从我们中国传过去的。南宋时，杭州市井鱼生菜就已很多，《梦梁录》一书记载的就有"鲈鱼脍""鲫鱼脍""海鲜脍""石首鳝生"等，特别是后一种，用黄鱼肉黄鳝肉合在一起做鱼生，极有特色。

清末民初的杭州学者徐珂在《清稗类钞》丛书中记载，杭州人爱吃鱼生。20世纪20年代，红学家俞平伯居住俞楼时，常到附近的楼外楼吃"醋鱼带柄"。宋高宗去清河郡王张俊家做客，张俊献上的下酒菜里有"沙鱼脍"，这道菜就是用鲨鱼皮做的皮丝。

其实北宋美食在宋徽宗这一代已经到了极盛。要知道宋仁宗那个缺衣少食的年代是崇尚节俭的，欧阳修收到一个"车螯"，也就是南方的大蛤蜊，都要因吃到海味而兴高采烈地又作诗又做局。苏轼鼓励百姓去吃"黄州猪肉"这种低贱食材，为此发明了"东坡肉"。到了宋徽宗这个富家贵族——书法了得，美食精通，茶艺一流，泡妞也是绝顶高手——他和"三千粉黛、八十一御妻"鬼混，还不忘挖个直通李师师闺房的地道，掩"逛妓院"耳目，结果江山被胁，只能把皮球踢给儿子宋钦宗，作为政治白痴，成功完成了亡国任务。宋高宗比他爹和他哥强，能逃脱虎口，虽然是一个窝囊求和派，但毕竟保住了南宋的半壁江山。而且宋高宗痴迷书画，文化与美食的好品味也传承自爷爷。张俊这个有谋莽夫是保皇功臣，对宋高宗的喜好了如指掌。当然，如果他俩不伙同秦桧弄死岳飞，会有更多人这么说。

我们低头吃饭，抬头时，不妨把时光还给造物主870年，回到公元1151年11月17日，顺着历史长运河走一遭。

宋绍兴二十一年十月，宋高宗带了一帮"安民靖难功臣"——太傅、节度使、醴泉观使……去清河郡王张俊家吃饭。张俊是中兴四将里最吃香的将领，也是岳飞的上司，曾被封为清河郡王——今天杭州繁华异常的清河坊，原本整条都是他家的。"主人"张俊还贴心送了伴手礼、点心食盒——向宋高宗进奉商周彝器等古玩46件，吴道子等名家书画21轴，名贵缎帛、金玉珠宝更是不计其数。这一顿尽心尽性尽瘁的饭，名随口水垂了青史。

宋朝的杭州人很少吃猪肉，不吃牛（犯法），百姓吃羊肉为主，要是厉害的局，桌上会有羊头。其实我们看赵构与张俊这场，光在插食、下酒和劝酒的48道里就有22道鱼虾蟹等菜肴，可见在宋朝各种海鲜水产已经是高级菜单的主角。而且光从筵席上的蟹来看，就有洗手蟹、蟹酿橙、螃蟹清羹、糟蟹和蜩蜂签（螃蟹寿司卷）等吃法。洗手蟹，又叫蟹生（今温州叫江蟹生）。《吴氏中馈录》记载："用生蟹剁碎，以麻油先熬熟，冷，并草果、茴香、砂仁、花椒末、水姜、胡椒俱为末，再加葱、盐、醋共十味，入蟹内拌匀，即时可食。"这就是浙江温州人爱吃的江蟹生的雏形。

我也曾以为，美食来说，法餐是Fine Dining最好的载体，法国人用了400年的时间，才逐渐有了一套完整的用餐礼仪。法餐赏心悦目的就餐体验里，有太多值得传承的规矩：撒一道上一道的安排，餐酒环环相扣的搭配，15件以上餐具的服务……对照来看，清河郡王张俊请宋高宗赵构的这一顿，有过之而无不及，可以说是古代中国版本的"巴菲特盛宴"。近一百五十道食物，每一道都被周密记录在《武林旧事》中。

那是我所知的中国土生Fine Dining的顶峰。

"四司六局"（四司指帐设司、厨司、茶酒司、台盘司，六局指果子局、蜜煎局、菜蔬局、油烛局、香药局、排办局）的宴会，家丁阵仗我是没亲眼见过，但光看菜单，那看似庞大的人员设置也是起码的配置。

南宋御筵的主角是高宗皇帝，之外还有陪宋高宗前来的随从等，他们各自享用等级分明的筵席。

先说流程，共分为初坐、再坐、正坐、歇坐四轮：初坐就是客人进了门，先坐下来喘口气。这个时候要上七轮果品，每轮是十余行珍稀水果和精致果品。然后宋高宗就在张俊的府上参与了一些"膜拜"仪式——被谄媚也是一种享受。

洗完手后再上桌，就叫再坐，又上菜品六轮，每轮约十一行，总共是六十六行菜品。然后正式的御筵才开始。正式的御筵有下酒菜十五盏，每一盏是两道菜，总共是三十道。不过好多下酒菜，不用一一在后厨做好，可以叫"外卖"，那时候的南宋御街食肆十分发达（现在南宋御街位于中山南路西侧，面积约四万平方米，主要包括十五奎巷、城隍牌楼、四牌楼、白马庙、太庙巷等23条坊巷），盛唐时期的宫廷御宴索唤传统在南宋也很好地保存下来。最后就是歇坐，此时上的二十八道小菜不记入正菜，当然，这只是给宋高宗一个人开的菜单，其他像秦桧、秦桧的儿子、随行的各品大员等，每个人都有针对自己的不同菜单。基本上就是君臣每人一桌。

回到"初坐",可以理解成迎宾表演时上的茶食,一共上了七十三行。首先是绣花高饤八果垒,这一排是看果,香橼柑橘类,皮很厚,涩,香,疏肝理气用。与唐代御食"烧尾宴"肴馔中的"看食"类似。接着是乐仙干果子叉袋儿一行,主要是桂圆桃枣类的。再是缕金香药一行,其实是十种香料,当桌上香薰用。而雕花蜜煎一行,是类似雕梅类的漂亮蜜饯。后面上来的砌香咸酸一行,明显是开胃的了。这轮十二道"咸酸"有点像酸嘢,广西、广东都可以看见。我每次路过酸嘢摊,萝卜酸、椰菜酸、刀豆酸、豆角酸……琳琅满目,口水都酸了。

最后一轮"初坐"是脯腊一行,干肉类的,可以直接下酒。这中间还有一味奶房(据猜测是干酪)。张俊是甘肃人,喜欢奶酪制品也正常。元代的《居家必用事类全集》里说了古代晒干酪的方法:"七八月间造之。烈日炙酪,酪上皮成,掠取,更炙,又掠,肥尽无皮,乃止。得斗许锅中炒,少时即出,盘盛曝干,浥浥时作团,如梨大,又曝极干,收经年不坏,以供远行,作粥作酱,细削以水煮沸,便有酪味。"

其中很难懂的肉瓜齑,《吴氏中馈录》里有介绍:由酱瓜、生姜、葱白、淡笋干或茭白、虾米、鸡胸肉组成，各切作长条丝，用香油炒制。成品色泽淡雅，脆嫩有加，咸鲜香俱佳。《红楼梦》里贾宝玉急着去参加诗社活动前，吃的是"野鸡瓜齑"，其实是野鸡丁炒咸菜。现在宁波话里"咸齑"就是咸菜的意思。

腊脯后面是垂手八盘子，大金桔小橄榄之类，跟"负责"排场和美感的大果不同，吃起来更方便。严格意义上说，"初坐"只是冷盘，到了六十六行的"再坐"，才算是上了前菜。

切时果一行里有八种，里面有春藕、切栊子等，一一分开，欧洲人看来就算沙拉。"时新果子一行、雕花蜜煎一行、砌香咸酸一行、脯腊一行"这些看起来和之前的茶食重复，我个人觉得是为上主菜拖延时间，更是为"换盘子"制造机会——桌面上一片狼藉的果品总要想办法处理掉。"再坐"点心里面还掺杂珑缠果子一行，有荔枝甘露饼之类的点心，也有珑缠桃条这样的蜜饯，"珑缠"是在干鲜水果外裹麦芽糖或糖霜。"规矩"中安插新意，把"再坐"的"再"字表达得十分殷勤。

"正坐"指的是御宴正宴，共三十行，用现在的话讲，就是"主菜单"。宋朝是"饮"与"食"在一起的，下酒十五盏，一共三十道菜。帝王将相家吃饭的规矩是论"盏"，"盏"是"盘盏"的简称，盏有脚，盘没有。一盏就是一轮，两道菜（大多以一干一湿的形式出现）。主菜里面有鲨鱼、黄鳝、鲨、蟹、虾、鲫鱼、蛤蜊、海蜇等水产。古代交通运输困难，这些鲜美水产在寻常百姓家里都是奢靡食材。

但那时候极度发达的饮食业让杭州城里热爱鲜美味型的百姓有了更多超越时间的选择，譬如"鲞"，类似咸鱼。根据《梦梁录卷十六·鲞铺》记载，那时候杭州城内外，人口众多，各种富人的"下饭羹汤"已经不能缺少产自温州、台州、宁波的"鲞"了。但即使穷人，也不能不吃鲞。作者吴自牧猜测，大概是因为杭州人生活习惯"娇细"，当时城内外鲞铺就不下一二百余家。鱼鲞也是花样繁多：郎君鲞、石首鲞、望春、春皮、片鳓、鳓鲞、鳖鲞、鳗条弯鲞、带鲞、短鲞、黄鱼鲞、鲠鱼鲞、老鸦鱼鲞、海里羊。更有海味，如酒江瑶、酒香螺、酒蛎、酒龟脚、瓦螺头、酒坼子、酒鲞、酱蛎、锁官、小丁头鱼、紫鱼、鱼鳔、蚶子、鲭子、海水团、望潮卤虾、鲚鲞、红鱼、明脯、比目、蛤蜊、酱蜜丁、车螯、江蚕、鳔肠等类。铺中亦兼卖大鱼、鲟鱼、银鱼、饭蟹、淮鱼干、蛴蟆、盐鸭子、煎鸭子、煎鲚鱼、冻耍鱼、冻鱼、冻鲞、炙鱼、粉鳅、炙鳗、蒸鱼、炒白虾。"又有盘街叫卖，以便小街狭巷主顾，尤为快便耳。"

主菜单里的"三脆羹"成功引起了我的注意。南宋林洪家自有"山家三脆"并记录在《山家清供》中："嫩笋、小蕈、枸杞菜，油炒作羹，加胡椒尤佳。那是情非得已的创新菜，而现在的豫菜三脆其实是鸡胗、猪肚和海蜇皮，全是荤的。"签"菜其实是用类似寿司的竹帘来卷菜的，唐代传去日本，被发扬光大。"奶房签"就是个奶酪卷。鲟鱼假蛤蜊意思是用鱼肉做出蛤蜊的形；猪肚假江瑶同理，是用猪肚切得很细，来模仿一丝丝撕下来的瑶柱丝。珍稀的水产，是值得用好食材来"望梅止渴"一下的。

前面的"正坐"菜还算端庄矜持，到了"歇坐"，食客们开始喝大酒，菜就更加缤纷了。插食里七样，就有炒白腰子和炊饼（类似馒头）等，一看就是防止喝醉的。后面的"劝酒果子库十番"听名字很凶险，其实是果子类的。而"厨劝酒十味"就充满诚意了，蝤蛑签、姜醋生螺、香螺炸肚、煨牡蛎……一看就是花了血本的。

菜单最后面的"直殿官盒子食"其实算是送宾客的"伴手礼"了，我还看见里面有杂熝（卤水）、片羊头和冻鱼等等精致凉菜，放在现在的杭州也不过时。

　　这样的文化，因为历史的原因，在近代的大众餐桌上，有过断代。我与名厨俞斌谈起20世纪90年代的水产杭帮菜，基本上都是水产和猪肉的搭配，比如虾仁爆里脊，水产都是钱塘江畔的鳊鱼、鲫鱼、鳜鱼等，几乎没有蟹，更没有见过活的蟹。

　　历史总在高低起伏。五代战乱，北方像汴京这样的地方"鸡豚为异味，贵贱无等差"。20世纪90年代的杭州餐厅菜肴，糖醋排骨和豉油鸡就是我们长辈口中的高级美味，海味则是比较少见的。那时候，名厨俞斌在楼外楼历练，"第一次看到活的螃蟹是在一九九几年——我们每周发员工福利，有次发了盒梭子蟹，我们看到活的很兴奋，至今还记得那个盒子里都是木屑"。他回忆说最早的菜单里面都是禽类："栗子炒仔鸡、老鸭煲……猪肉最多，青椒里脊、木耳里脊、糖醋里脊，豆腐加一些鱼，番茄炒蛋……"俞斌觉得里脊是那时饭局里标准的"饕餮"菜，辣子肉丁、番茄蛋汤也都是餐厅里的时兴菜。

　　现在，精致江南菜在杭州卷土重来——这几年我还是能在春天吃上荤豆瓣的，那得收集百条土步鱼的腮帮子肉，才能炒成一盘。《玉食批》里面也有"如羊头签止取两翼，土步鱼止取两腮，以蝤蛑为签、为馄饨、为橙瓮，止取两螯，余悉弃之地，谓非贵人食；有取之。则曰：若辈真狗子也！"当然，我们期待的终点不是穷奢极欲！"可持续"的米其林方向也是"更未来"的选择。

杭州，或者说任何一个好地方的美食，一定不是飞到过去或是隔壁，而是飞到未来。

餐桌上的游龙戏凤

《金瓶梅》里的水产

[*Fish Bone*]

肉中刺

你本虾鳝，
腰里无力。

——《金瓶梅》

女人，

都擅挑刺，

看她挑鱼虾蟹的刺，

就知道高低了。

我在讨论一家子旧式女人的微妙推搡与结营时，总会聊起李安《色戒》里的麻将桥段，那一桌子不能公开的内眷、外室、卿卿妾妾，一边争宠一边互助，也是一种侠义。但谁跟我聊古代皇室的后宫，我通常闭嘴，因为对长了胸的"男人"没兴趣。那种位高权重的肉体关系网，比一把匕首还冷还血污，全是你死我活的事，女人就变得招人厌恶了。我倒是欣赏《金瓶梅》里那种更解放的女性观念，大家的择偶标准是男人的情爱能力，其实这比那种仅要一张长期饭票的"婚内交易"明智得多。"荡妇"如果有褒义，那就是这种情况。若男人不在，他的女人们会迅速在吃上结成统一战线，有"飞雪堆盘鱠鱼腹，明珠论斗煮鸡头"的气势。我爱这些女人，情上温柔，遇事泼辣。

吃淮扬菜，烟花三月里，有一种浪漫是"下扬州"。二十四桥的"二十四乔"没见过，但"平山堂"的风月与美味还是让人遐想。毕竟欧阳修与苏轼都在这里因公魂牵梦萦过。我到扬州出差，忍不住问司机师傅，这儿是瘦西湖，姑娘瘦吧？司机笑笑，这里姑娘哪里瘦，全拿吃的说事，胖的多。本来胖西湖来的姑娘我还不信，但想起《金瓶梅》里，李瓶儿对蒋竹山那句骂"你本虾鳝，腰里无力；平白买将这行货子来戏弄老娘家！把你当块肉儿，原来是个中看不中吃，蜡枪头，死王八！"说的是李瓶儿在西门庆躲避官非期间，招赘了太医蒋竹山。太医为调情买了"玩具"，结果被李瓶儿劈头盖脸骂了一堆"吃的"，虾、鳝、肉、王八，这怒气喷射出来时全夹杂锅气。看来我是被"扬州瘦马"的典故唬了整体印象。

我小的时候喜欢看漂亮的上海姨娘挑蟹肉——高手是用不着"蟹八件"的，一把小剪刀、一个小钎刀了事。姨娘手要白糯，旁边一堆蟹肉高起，如雪堆的手背像年糕一样，却纤巧，随酥软腔调一上一下白鸽子一样翻飞着，与蟹肉胶着，看着更馋。这让我想起刘若愚《明宫史》记载的明代宫廷内的螃蟹宴："（八月）始造新酒，蟹始肥。凡宫眷内臣吃蟹，活洗净，用蒲色蒸熟，五六成群，攒坐共食，嬉嬉笑笑。自揭脐盖，细细用指甲挑剔，蘸醋蒜以佐酒。或剔蟹胸骨，八路完整如蝴蝶式者，以示巧焉。食毕，饮苏叶汤，用苏叶等件洗手，为盛会也。"这全是淮扬学来的"戏法"，吃完螃蟹，整整齐齐，又摆出一个蟹壳"蝴蝶"来。

蟹粉挑出来，当然是为了畅快吃的。淮扬菜宗师周晓燕说，炒蟹粉、锅烧蟹、蟹粉豆腐、雪花蟹斗、芙蓉套蟹等都是淮扬菜。西门家里常娘子做的"螃蟹鲜"有点像蟹斗，但也有不同，是炒后酿入壳中，不是传统的炸酥后再放。我觉得吃的速度造就了"情趣"二字，像一部春花秋月般浪漫的偶像剧，吃什么已经不重要了。

我有时候吃刀鱼也喜欢玩"扬州慢"——把蒸好的刀鱼分成三大块：两片鱼肉与一根鱼骨。一片鱼肉用筷子与勺子卷起放入口中，用舌尖与上颚的力量，边推边垒细刺，最后像猫吐毛球一样将鱼刺吐出。这剥鱼肉也有技巧，要鱼蒸得恰好，才能夹住鱼头提起，让整条鱼的一半身体渐渐与另一半分离，垂直挂起后分另一半鱼肉是不容易的，这得厨师配合，蒸得恰到好处才行——不够透，就鱼肉黏骨；太透，就肉老。若不给厨师加戏，一般我会拿一根筷子，从鱼鳃下的肉开始，贴着骨头往鱼尾处推肉，直到整片剥离。再用筷子从下往上抵住相反方向的肉，顺脊骨滑到尾，又是清爽一片。要是吃家有将中间鱼骨做点心的雅兴，就请求厨师去酥炸了再吃。谁吃完，盘中没碎肉，依稀浅浅鸡油高汤，两颗

"毛球"在边上而已，邻座通常是一声"哇！"

　　女人们出门要战袍，餐桌上也要会露一两手，虽然不至于被说是炫耀教养，但富家小姐比一下吃好东西的见识与技术，偶尔玩玩"傲娇气"吃起螃蟹来也当仁不让。就像《金瓶梅》第三十五回，写李瓶儿和大姐来到，众人围坐一起吃螃蟹。月娘吩咐小玉："屋里还有些葡萄酒，筛来与你娘们吃。"金莲快嘴，说道："吃螃蟹，得些金华酒吃才好。"明代达官贵人吃螃蟹得配金华酒（古代金华郡、州、府及辖县生产的各种黄酒的总称）中和蟹的寒凉，吃完得配紫苏汤杀菌祛口气。

　　我觉得好吃的东西，享受到极致，就跟温柔乡类似。我看《金瓶梅》里，西门庆吃过不少淮扬菜，他当年住在山东清河城的西门里，或者说西街上，离淮扬菜发源地不远。这两千五百年前就有的菜式，如美女般温柔细腻，始于春秋，兴于隋唐，盛于明清。《金瓶梅》里能找到不少现在淮扬菜的倩影，扬州吃鹅、南京吃鸭、酒后再上水果的吃法现在还有保留。淮扬主要指淮安与扬州两地菜式。那时候炖、焖、烧、煮为主的淮扬菜，已经可以演化出酥、嫩、糯、细、烂几种口感，鼎中火候控制之精可见一斑。淮扬菜不仅讲究色、形，菜名还讲究"会意"，如红烧马鞍桥，实际上就是带骨的鳝鱼段像马鞍，如果是去骨的鳝背，就叫"软兜"。难怪明万历年间《淮安府志》记载："淮安饮食华侈，制度精巧，市肆百品，夸视江表。"

"夸视"这个词，说明淮扬菜已经稳居官府菜的主力。明太祖朱元璋对淮扬菜情有独钟，御厨核心都是扬州人，正德皇帝也爱南巡扬州，主要是为了一饱艳福与口福。而扬州一带的江面特产"鲥鱼、刀鱼、鮰鱼"，也被称为长江三鲜。

我去扬州，吃三头宴——鱼头、狮子头和猪头。猪头和鱼头都是拆骨的，我心想这是非得把人伺候成没牙齿的才算了了"温柔心"。我喜欢的作家也是好友李舒，写了一本《潘金莲的饺子》。潘金莲很会包饺子，譬如西门庆爱吃的"裹馅肉角儿"。这让我忍不住对比起宋惠莲的一根柴禾烂猪头——《金瓶梅》里听起来最像炫技的一道。过去淮河两岸盛产苇子，而且有很多品种。淮阴地区老百姓至今仍把苇子叫作"柴"，割苇子叫作"割柴"，"苇席子"叫作"柴席子"等，其中有一种苇子，长两丈许，直径一寸多，特别耐烧，用这样一根苇子烧烂一个猪头是可能的。这宋惠莲虽然是下人，可西门庆在藏春坞里反复把玩她的小脚，赞不绝口。另外，她还能只用一根柴禾就炖出美味的猪头肉，荡秋千的时候能够飞到云里去，露出鲜艳的内裤。凡此种种，都在显示她更胜潘金莲一筹。

　　大年初四，西门庆外出串门，正房吴月娘走娘家去了，孟玉楼、潘金莲、李瓶儿三个好姐妹在家下棋赌钱，李瓶儿输了五钱银子（半两，请小白知悉），买了一个猪头、四个猪蹄、一坛酒，让擅长烧猪头的宋惠莲烧了下酒吃。于是宋"起到大厨灶里，舀了一锅水，把那猪首蹄子剃刷干净，只用的一根长柴禾安在灶内，用一大碗油酱，并茴香大料，拌的停当，上下锡古子扣定"。锡古子就是明清时期的一种锡锅，有厚重的上盖，盖子和锅扣严实，就像现在的高压锅一样。一个时辰，把个猪头烧得皮脱肉化，香喷喷五味俱全。将大冰盘盛了，连姜蒜碟儿，用方盒拿到前边李瓶儿房里，旋打开金华酒来。高压锅煮肉，只加酱料拌匀，不加水，肉香味不流失。美食送到三个小老婆的房里，谁也没敢先动筷子，排行靠前的孟玉楼"拣齐整的留下一大盘，并一壶金华酒，使丫头送到上房里，与月娘吃。"然后三人才开吃。吃到中途，大厨宋惠莲来了，问：口味还行不？很不错！辛苦了，赏你一大盏酒、一碟肉下去吃吧！这种女人间分享的融洽，确实是男女关系给不了的。

也许是遵照明朝时的习俗，现在大馆子的淮扬菜一上来，还是四碟冷菜、四碟热菜。我最感兴趣的是下酒菜，总归"酒是色媒人"，想起西门庆初见潘金莲——"那西门庆见妇人来了，如天上落下来一般，两个并肩叠股而坐……二人交杯畅饮。这西门庆仔细端详那妇人，比初见时越发标致。吃了酒，粉面上透出红白来……平欺神仙，赛过嫦娥……恰便似月里嫦娥下世来，不枉了千金也难买。"这情趣比起径直床笫要美多了。据说《金瓶梅》小说里性事描写才105处，但"酒"字有2025个，大小饮酒场面247次！书里的下酒菜叫"案酒"，既可以出现在正经宴席上，也可以拿来和妻妾小酌，风情万种又万盅。

话说，可怜的蒋竹山后来还是被西门庆交好的地痞给打了，那两人叫张胜和鲁华，他们诬陷蒋欠债不还，蒋当然不承认。张对蒋竹山道："你又吃了早酒了！"然后开始拳打脚踢。权钱交换、黑护黑的事在《金瓶梅》里不是重点，重点在"早酒"。说湖北荆州生猛的晨间饮料是早酒，我觉得还情有可原，可是无锡这连酱排骨都甜出酒窝的地方说有早酒喝，让我甜得一哆嗦。

原来早时无锡庄稼人趁着清晨凉爽早早下地干活。忙到上午九十点钟才吃早饭是常有之事。所以，在农村早饭都要准备几个炒菜，吃几大碗饭，还要喝上几两酒活活血、解解乏，久而久之，农村就有了喝"早酒"的习俗。不过西门家早酒精致，一盘脆鳝，一盘小排骨，一屉小笼包，一碗银丝面，一叠姜丝。吃扬州蟹粉汤包最好的方式，是放入小碟中，轻启小口，吮吸其中的汤汁，再搭配姜丝，一齐放入口中。鲜姜的辣味，刚好压制住肉馅的甜腻。我每次看到身边有男士不懂吃汤包，把嘴冲着包子嘴吸，就会忍不住暗暗笑。包子嘴有个名字叫"秋鱼嘴"，性感小巧，又包蕴万千。

西门家的餐桌，看菜，就是一席尽在不言中的欲望盛宴。水产是个高级暗示，《诗经》里常用鱼和钓鱼来形容男女。粗浅说，鱼有明显的性隐喻，表面湿滑，缺水时会舍命挣扎，因爱而生的轮回、繁衍与欲望都在里面了。

"鱼"的标志在中国的少数民族里不断演化——我曾经收过一个苗族的老银项圈，里面雕刻着"双鱼"，显然那是定情信物，或者是新婚礼物。宇宙万物的道理在双鱼形状的太极里也可以简化成"阴阳"，但深不可测。聂璜"化生说"的浪漫主义不是空穴来风，中国古文化里有鲲鹏之化，代表生命的晋级，就是我们现代讲的进化。我也在香格里拉格桑央宗那儿买到过有双鱼的尼西土陶，她说藏地对大海有特别的向往，以至于"高原鱼"被引申为一切吉祥的象征。

西门家是古代典型的"年年有鱼"之家。鲥鱼是西门庆家里常备的下酒菜，通常是以"鲊菜"的面貌出现。鲊，那时候北方叫"鲞"，南方叫"鳗"，指盐腌的鱼。聂璜在《海错图》中就提到鲥鱼"多骨而速腐，是以醉鲥鱼欲久藏，始腌浸时投盐必重"。在金瓶梅第二十七回中，就有"西门庆一面揭开盒子里边攒就的八格细巧菜，一格是木樨银鱼鲊……"

古代的交通没有现在发达，鲊菜和鱼的保鲜是关联在一起的，做鲊菜需加入稻米，那是古代保存鱼的办法。在明代以前鲊菜非常流行，但到清朝后期逐渐失传。一种好吃的鱼类，像新鲜的鲥鱼，清蒸当然明智，但如果有多样的烹饪方式来诠释，虽然看着"浪费"了点，但给了厨师和食物足够的舞台与尊重后，也许会有惊喜出现。有次，我差点低估了葱香熻鲥鱼的美味。轻微腌渍后的鲥鱼，和葱在锅中升华了爱，肉弹又嫩，皮鳞脆又香，让我一口迷上。

宋代大文学家苏轼称鲥鱼为"惜鳞鱼""南国绝色之佳"，并作诗赞曰"尚有桃花春气在，此中风味胜鲈鱼"。单吃虽然没有清蒸的有鳞间脂香，可是下酒还是化了妆的鲥鱼好，那妖艳劲头更催人醉。西门大官人对待这等上品，更是怜惜，命渔人"冰篓覆鱼，冰船运输"，一路护送至阳谷。

我印象最深的一席金瓶梅下酒菜，是西门庆招待应伯爵的一席：先放了四碟菜果，又放了四碟案鲜：红邓邓的泰州鸭蛋，曲弯弯王瓜拌辽东金虾，香喷喷油炸的烧骨，秃肥肥干蒸的劈晒鸡。第二道，又是四碗嘎饭（即佐餐菜肴）：一瓯儿滤蒸的烧鸭，一瓯儿水晶膀蹄，一瓯儿白炸猪肉，一瓯儿炮炒的腰子。最后才是里外青花白地瓷盘，盛着一盘红馥馥柳蒸的糟鲥鱼，馨香美味，入口而化，骨刺皆香。西门庆将小金菊花杯斟荷花酒，陪伯爵吃。

那糟鲥鱼也算是其中最金贵的一道菜，西门庆曾送应伯爵两尾鲥鱼。应伯爵舍不得一顿吃完，一尾送给哥哥，另一尾斩去中间的一段送给女儿，剩下的再打成窄窄的块儿，用红糟培着，还搅些香油，放在坛子里，逢有客人才舍得蒸一两块。既显得应伯爵不懂吃喝的穷人底子，也显得他对西门庆的重视。

说新鲜鲥鱼应该清蒸才美，但也不能一概而论。第二十回时，西门庆与李瓶儿一夜云雨，次日起身时，丫鬟迎春端来几样酒菜，二人又继续喝上酒了。这顿饭按今天的话来说算是个早午饭，较之早点更丰富，较之午饭又稍显简单："一瓯顿烂鸽子雏儿，一瓯黄韭乳饼，并醋烧白菜、一碟火熏肉，一碟红糟鲥鱼。两银厢瓯白生生软香稻粳米饭儿，两双牙箸。"除了醋烧白菜，大概的做法都是现成凉菜的再加工：鸽子雏儿，即腌制的乳鸽；火熏肉，即今天咸肉或火腿一类的东西。红糟鲥鱼再次出现，就是把鲥鱼做熟，再以红糟腌制，现在这种烹饪方式以福建人用得最多。鲥鱼与酵香味的佐料是绝配，不管是清代袁枚《随园食单》的蜜酒蒸，还是元代《易牙遗意》里鲥鱼不剖开与葱、酒和花椒蒸，都是这个道理。

木樨银鱼鲊是西门庆家一道比法国蓝纹芝士还醒脑的私房菜单，所需材料很简单：木樨、银鱼、盐、酒及香味料——先煮熟米饭，然后银鱼和鸡蛋同炒，入调料后把银鱼炒蛋和煮熟的冷米饭交叠平铺放置，最后把瓶密封起来，放置若干天后。成菜据说形状跟桂花似的，论香气，我捏着鼻子就好。不过能想象这种酸腐味非常开胃，开辟的"开"。

下酒菜一铺张开来，就成了正经宴席。每逢西门大官人饮宴，我都看得口水淋漓，连吃粥和小菜都觉得咸脆可人。

　　"托物言志"是人之常情，《金瓶梅》里"春色满兰房"的食物名字，多读几遍，通常能品出意味——或者讽刺，或者铺垫。细心品评西门庆家里闭门吃的"鱼"菜，能或多或少发现不少性隐喻菜。小说第四十九回写西门庆招待胡僧的吃食摆设就特别经典，胡僧来自印度，是个懂汉语的酒肉和尚。而西门大官人知道印度的春药厉害，就把求仙问道的殷勤诚意都淋漓在一桌菜色上。于是"安放桌儿，只顾拿上来。先绰边儿放了四碟果子，四碟小菜，又是四碟案酒：一碟头鱼、一碟糟鸭、一碟乌皮鸡、一碟舞鲈公（塘鳢鱼）。又拿上四样下饭来：一碟羊角葱（火川）炒的核桃肉，一碟细切的馇馅样子肉、一碟肥肥的羊贯肠、一碟光溜溜的滑鳅"。反正浓浓的生殖崇拜味。

　　"次又拿了一道汤饭出来：一个碗内两个肉圆子，夹着一条花肠滚子肉（海参），名唤一龙戏二珠汤；一大盘裂破头高装肉包子……"这两道更不忍直视，裂破着的白嫩包子直流着油水，而旁边这一盘长直货则过于写实。现在淮扬菜中还有一道菜叫"乌龙戏珠"，与"一龙戏二珠汤"异曲同工，实际就是炒海参中间放着鹌鹑蛋。《金瓶梅》里的"一龙戏二珠汤"长得一副男性外科实验室标本的样子。二珠就是两个狮子头，用山药和肉糜做的。

　　周晓燕大师说传统的狮子头其实是加马蹄的，因为加热两小时后仍然是脆的，但马蹄有季节性，所以有时不能加。"加山药不是淮扬菜的做法，加了两小时后口感是软烂的，但吸油也解腻。"我在想也许还考虑到山药利肾的作用？不然以形补形好没诚意。

　　西门大官人的殷切期望其实还是在"花肠滚子肉"上。海参身上布满肉刺，形态类似古代守城用的圆筒的滚子武器。花肠指"花花肠子"没有错，但"花"其实说的是海参花，又叫珊瑚蚌、桂花蚌，里面有海参的肠子和卵（雌性海参含有大量卵）。海参这个奇葩，从不会主动地攻击其他动物，逃跑时候却有奇招——"排脏"，就是把自己的内脏排出以迷惑敌人，供人家饱餐一顿，而自己经过几个月的休养，又会长出一套新的内脏（这跟我上本书里说的雄海参一次性鸡鸡功能相似）。海参花内含海参性腺色素，黄的，听说具有抗氧化、延缓衰老和增强性功能的作用。说来说去，都是为了脐下三寸。

　　为了胡僧那"老君练就，王母传方，专度有缘人"的有异香的殷红小药丸，随即又是两样添换上来：一碟寸扎的骑马肠儿、一碟腌腊鹅脖子。接着又是两样艳物与胡僧下酒；一碟子癫葡萄、一碟子流心红李子。落后又是一大碗鳝鱼面与菜卷儿，一齐拿上来与胡僧打散。总之，桌上这些俗艳好吃的，一看就已经事半功倍了。

之后的结局令人唏嘘，西门庆受了蛊惑，得知"此药托掌内，飘然入洞房，洞中春不老，物外景长芳；玉山无颓败，丹田夜有光，一战精气爽，再战气血刚"，但没有按照胡僧的使用指南酌情服用，结果丧命。

虽然说"恩情似漆，心意如胶"令人羡慕，但欢情在床，不如在桌。

桌上也要当心，过犹不及。

图书在版编目（CIP）数据

海错图爱情笔记.Ⅱ，鱼蒲团／神婆爱吃著. --上
海：上海三联书店，2022.4
ISBN 978-7-5426-7612-2

Ⅰ.①海… Ⅱ.①神… Ⅲ.①随笔-作品集-中国-
当代Ⅳ.①I267.1

中国版本图书馆CIP数据核字（2021）第232859号

海错图爱情笔记Ⅱ：鱼蒲团

著　者／神婆爱吃

责任编辑／李巧媚
装帧设计／shinorz.cn
监　制／姚　军
责任校对／张大伟　王凌霄

出版发行／上海三联书店
　　　　　（200030）中国上海市漕溪北路331号A座6楼
邮　箱／sdxsanlian@sina.com
邮购电话／021-22895540
印　刷／上海南朝印刷有限公司

版　次／2022年4月第1版
印　次／2022年4月第1次印刷
开　本／787mm×1092mm　1/32
字　数／180千字
印　张／10.875
书　号／ISBN 978-7-5426-7612-2/I·1746
定　价／58.00元

敬启读者，如本书有印装质量问题，请与印刷厂联系021-62213990

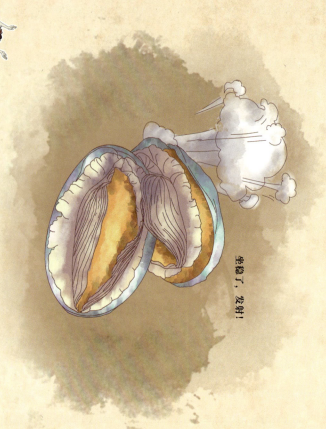

坐稳了，发射！

好痛……嗖嗖嗖……

鳖给我说话!

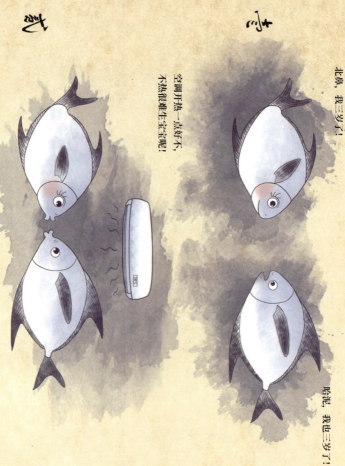

嗨～介意一起吗？

宝贝，我们去水草里，那里更黑。

宝贝，我喜欢关灯。

红鲷鱼 [长大后我就成了你式]

啊，好羡慕我老公，有那么多老婆。

老婆你怎么变雄的了？！

从此，我们兄弟相称吧！

我要努力长高！

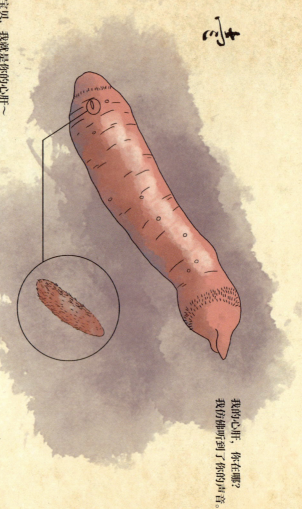

后蛏虫 [我是你肚里的蛔虫式]

哎，宝贝，我就是你的心肝～
这一辈子就在你的肚子里，只为和你生孩子活着！

我的心肝，你在哪？
我仿佛听到了你的声音。

龙虱［吸盘式］

你喜欢就好，我很丑，可是我很牢靠！

亲爱的，你好像蜘蛛侠哦！

我也爱你！

嗯……我爱你！

宝贝，
你不能再勒我了，
我喘不过气。

宝贝，
你不觉得很刺激么！

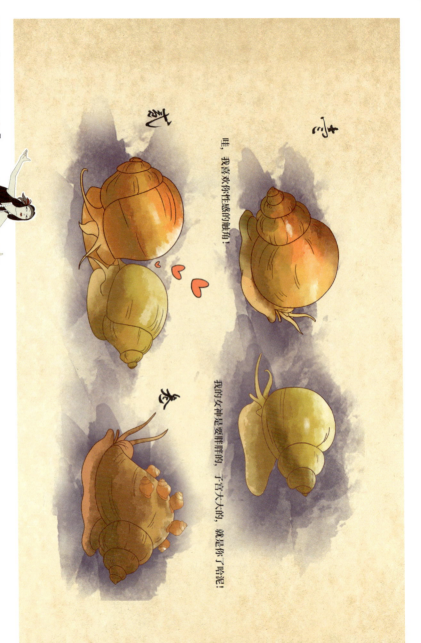

哇，我喜欢你性感的触角！

我的女神是爱胖的，子宫大大的，就是你了哈泥！

宝贝,
我想去水面上呼吸一口。

宝贝,
你不能这么快啊!

好吧,我再忍忍。

哏。

宝贝,我喊停你才能停。

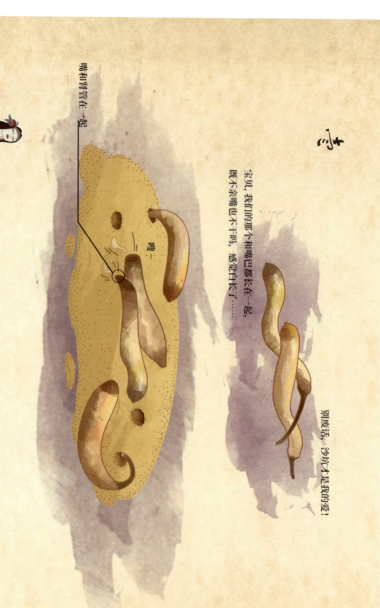

土笋 [嘴式]

嘴和肾管在一起

嗖~

宝贝，我们的那个和嘴巴那长在一起，
既不亲嘴也不干吗，感觉白长了……

别废话，沙坑才是我的爱！

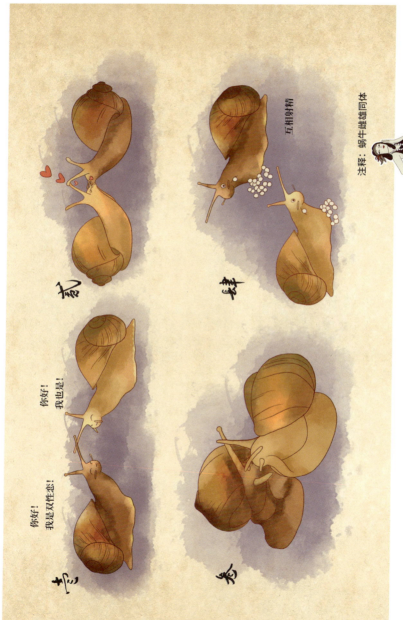

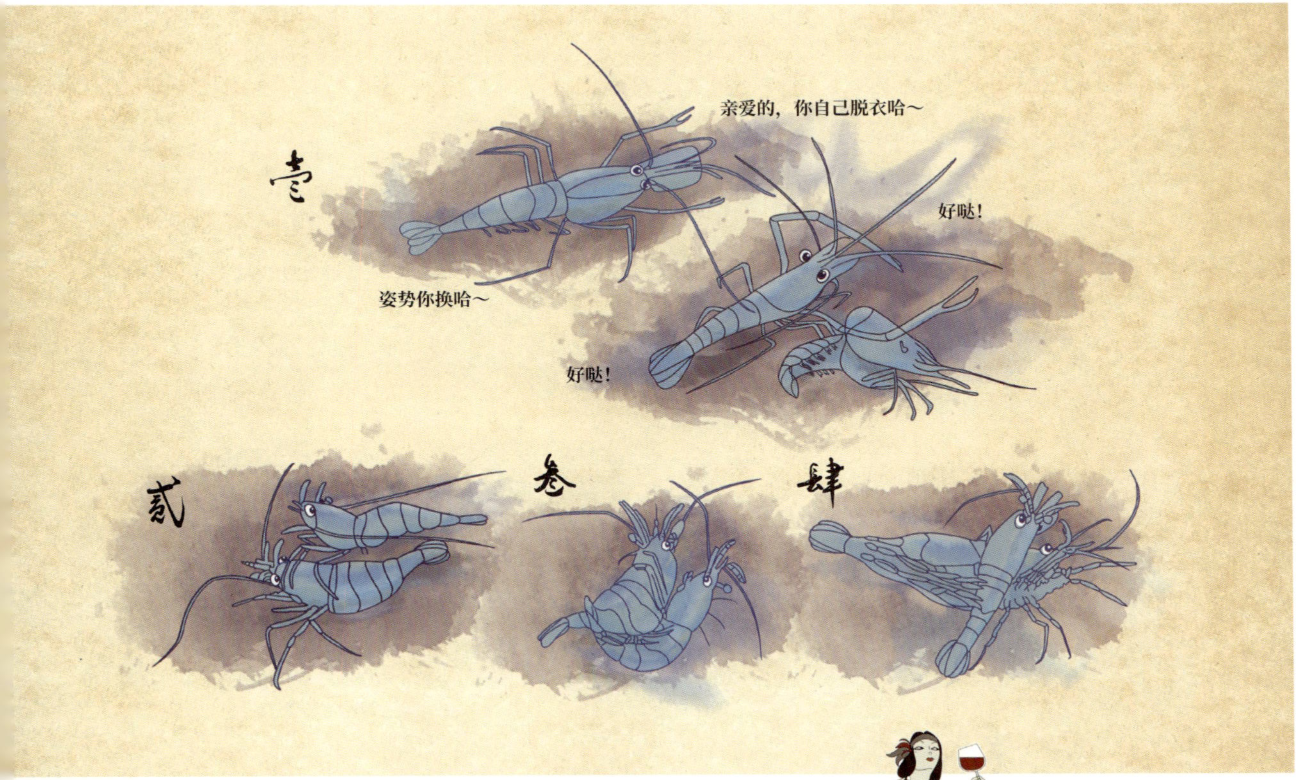
壹
亲爱的，你自己脱衣哈～
好哒！
姿势你换哈～
好哒！
贰
叁
肆

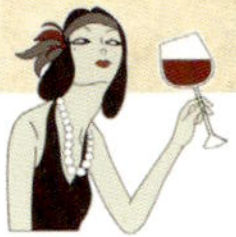

我要砾石底、河水湍急的那种水床～

亲爱的，对结婚还有啥要求？

注释：长江的产卵场较集中于中游的荆江河曲以及上游的沱江等江段

公

宝贝，我们家你最大，你说了算！

宝贝，
你不要买房子了，
我造了一个房车，
不过孩子和房子都归我名下。

母

纸鹦鹉螺
（其实我是一种章鱼）